EL BARCO
DE VAPOR

Corazón de metal

Rosa Huertas

Ilustraciones de Daniel Montero Galán

7/18 SM
$15

Primera edición: mayo de 2015

Edición ejecutiva: Gabriel Brandariz
Coordinación editorial: Berta Márquez
Coordinación gráfica: Lara Peces

© del texto: Rosa Huertas, 2015
© de las ilustraciones: Daniel Montero Galán, 2015
© Ediciones SM, 2015
  Impresores, 2
  Parque Empresarial Prado del Espino
  28660 Boadilla del Monte (Madrid)
  www.grupo-sm.com

ATENCIÓN AL CLIENTE
Tel.: 902 121 323 / 912 080 403
e-mail: clientes@grupo-sm.com

ISBN: 978-84-675-7920-8
Depósito legal: M-8992-2015
Impreso en la UE / Printed in EU

A Óscar, que quiere ser ingeniero,
y a su abuelo, que quería viajar al espacio.

● Datos de memoria 1

Veo la luz por primera vez.

Soy un prototipo de androide niño de compañía, modelo 3X23.

Sé que mi función robótica será acompañar a un niño humano de nombre Isaac, hijo del ingeniero que me ha programado. Estoy a punto de conocerlo. En mi campo de visión entra un hombre alto con el cabello oscuro, rizado y alborotado. Me observa a través de unas gafas de visión interna. Lo reconozco como el ingeniero.

–Veo que todos tus circuitos funcionan –me dice–. ¿Puedes oírme?

–Puedo oírle –respondo.

–¡Excelente! –exclama eufórico–. Tu mecanismo parece perfecto. Ahora falta saber si puedes cumplir la difícil misión que te voy a encomendar. Eres un prototipo de robot niño de compañía y deberás encargarte de Isaac, que tiene nueve años.

No sé por qué me cuenta esto si ya lo sé, y él sabe que yo lo sé, pero asiento con la cabeza.

–Bien, veo que me entiendes. Enseguida va a venir mi hijo; quiero decir, Isaac. Debes llamar su atención y ganarte su confianza. Lo necesito.

El ingeniero baja la cabeza y resopla. No puedo identificar el significado de sus gestos.

–Isaac es bastante indómito...

«*Indómito*: que no se puede o no se deja domar. Difícil de sujetar o reprimir».

¡Vaya! Un niño complicado. ¿Estoy programado para esto? Tendré que rebuscar en mi memoria activa.

–Tus circuitos contienen una enorme cantidad de información y una memoria ampliable mayor que la de otros androides de compañía. Conoces juegos de manos y de magia, eso te servirá para llamar su atención, al menos al principio –me dice el ingeniero.

Vuelve a mirar al suelo y se queda un rato en silencio, muy serio.

–Es difícil para un niño criarse sin madre –eso no acabo de entenderlo, pero cuando el humano habla, yo callo–. Le hemos fabricado varias niñeras robot, pero siempre acababa cortocircuitándolas.

Suena mal esa última palabra, debo evitarla.

Un golpe seco nos interrumpe. Giro la cabeza 90 grados en dirección al estruendo. Hay un sillón caído en el suelo y, al lado, un niño con los brazos cruzados y una expresión rara en el rostro. «Enfado», me dice mi memoria implantada. Lo reconozco aunque no lo haya visto nunca: es Isaac. Ventajas de poseer un chip de última generación.

–¿Quién es este? –pregunta el niño mirándome.

Veo su rostro cada vez más enojado, se pone rojo como si se fuera a fundir su circuito de refrigeración. Algo que en realidad no podría ocurrir porque él es humano.

–Es tu nuevo amigo –le dice el ingeniero–. Lo he diseñado especialmente para ti. Te hará compañía, jugará contigo, estudiaréis juntos...

–Me vigilará –añade, cada vez más rojo–. Estoy harto de que me vigilen.

–Te divertirás con él. Ya verás la de cosas que sabe hacer. ¡Demuéstraselo! –me ordena–. Haznos algún truco.

Mis circuitos reaccionan a la orden. Saco unas pelotas de goma de colores de un bolsillo y las hago girar en el aire. Parece que consigo captar la atención de Isaac, de eso se trata. Veo que cambia su expresión: ya no está rojo y sonríe. Voy más allá y hago desaparecer la pelota de color rojo, luego la azul. El niño ríe y hace palmas.

–¡Es electrizante! –exclama–. ¿Y qué más sabe hacer? ¿Me podrá enseñar a hacerlo a mí?

Isaac hace muchas preguntas. Será que desconoce casi todo y que su memoria humana tiene menos capacidad que la mía.

–¿Y hará lo que yo le diga? –me mira con una sonrisa extraña mientras se lo pregunta a su padre–. Sé que la segunda ley de la robótica dice que un robot debe obedecer las órdenes dadas por los seres humanos.

¡Vaya! Parece que Isaac sabe más de lo que aparenta.

–Bueno... –el ingeniero parece dudar–. He hecho algunas modificaciones, pero recuerda también que esa segunda ley añade que obedecerá excepto si estas órdenes entrasen en conflicto con la primera ley...

–Ya sé –replica el niño–. La primera ley dice que un robot no puede hacer daño a un ser humano o permitir que un ser humano sufra daño.

–Eso me tranquiliza: sé que nunca te lastimará, y tampoco a otros niños, le ordenes lo que le ordenes –suspira el ingeniero.

Isaac vuelve a mirarme, esta vez con más detenimiento. Me rodea y yo giro la cabeza siguiéndole.

–Parece casi humano –afirma–. Lo único que le falta es el pelo, pero si le pusiera una peluca podría pasar por un niño de verdad.

–Ya sabes que...

–Lo sé –interrumpe Isaac–. Siempre debe ser posible distinguir a un robot de un ser humano. Lo dice la cuarta ley robótica. También por eso lleva ese uniforme gris tan feo.

–Por si se te ocurre lo de la peluca, que sepas que tampoco puede cerrar los ojos: no tiene párpados. Como el resto de los androides que he diseñado hasta ahora.

El niño se acerca más a mí y lanza su mano en dirección a mis ojos.

–Es verdad –dice–. No los cierra. Pero sigue pareciendo humano. Sí, puede ser divertido.

–Prométeme que no lo estropearás y que harás buen uso de él. He invertido mucho tiempo y todos mis conocimientos para construirlo.

–Gracias, papá. Va a ser un juguete muy divertido.

Juguete. En mi memoria no aparece esa palabra aplicada a los robots. Dice la segunda ley robótica que somos herramientas diseñadas para lograr los objetivos humanos. No dice nada de juguetes.

El ingeniero también lo sabe, e intenta que su hijo lo entienda:

–¡No es un juguete!

Creo que el niño no le ha escuchado. Me agarra del brazo y le pregunta a su padre:

–¿Me lo puedo llevar al parque burbuja para que lo vean mis amigos?

El ingeniero parece dudar. No sé si es buena idea que me deje solo y fuera del laboratorio con el niño, pero no digo nada. Obedezco órdenes.

–Está bien. A ver qué pasa. Os observaré por el visor tridimensional. Pero no se te ocurra salir de la burbuja. ¡Y ten cuidado!

Se ve que no se queda muy tranquilo, porque le oigo murmurar:

–Alguna vez tenía que ser la primera y mejor que yo esté cerca. A ver qué pasa.

Sus palabras alteran levemente mis circuitos. Creo que esto significa que yo tampoco estoy muy tranquilo.

● Datos de memoria 2

Me encuentro con Isaac en el parque burbuja, pegado a su casa. El ingeniero le ha dejado salir porque yo lo acompaño y el lugar es seguro: no pueden entrar humanos extraños ni animales dañinos ni aire contaminado, y está completamente vigilado por cámaras de seguridad.

El lugar está repleto de niños que gritan sin motivo y corren sin rumbo, como si se les hubiese fundido un circuito. Miro los árboles, una rara especie: están repletos de hojas verdes y apuntan unas florecillas blancas. No sé por qué me quedo mirándolas embobado. Se me estará soltando algún cable.

–¿Este chisme sabe jugar? –oigo que pregunta un chico pequeñajo.

Me mira con los ojos muy abiertos y yo hago lo mismo. Parece que se asusta, porque retrocede dos pasos.

–¡Pues claro que sabe! –salta Isaac–. Hasta hace trucos de magia.

–Eso habrá que verlo.

El que ha hablado es un grandullón que se ha plantado delante del grupo con un balón bajo el brazo.

–Seguro que no sabe jugar al fútbol. Solo hará tonterías de niños pequeños, como todos los mecanos.

¿Mecano? ¿Me ha llamado mecano? Será que Isaac no le ha dicho que soy un prototipo modelo 3X23, no un mecano.

–¿Por qué te lo has traído? –insiste el grandullón–. ¿Es que tu padre te ha obligado a venir con una niñera que te vigile?

Los demás ríen, debe de tener gracia el chiste; menos Isaac, que se está poniendo rojo.

El grandullón me mira fijamente, agarra el balón con las dos manos y me lo lanza con tal fuerza que mis reflejos no reaccionan a tiempo y caigo

sentado en el suelo. Creo que me ha descolocado la base metálica del cuello, porque no puedo girar la cabeza para ver qué cara ha puesto Isaac. No me hace falta: antes de que me dé tiempo a levantarme, aparece en mi ángulo de visión, me tiende la mano y tira de mí para incorporarme. Después se dirige al grandullón.

–¡Como lo hayas roto te vas a enterar! –lo amenaza Isaac.

–¿Me voy a enterar de qué? –le suelta el otro.

No le da tiempo a terminar la frase. Isaac se abalanza sobre él y los dos ruedan por el suelo. Veo que se dan golpes y puñetazos, se tiran del pelo y se arañan. Deben de causarse dolor, y sé que eso es malo para ellos. No entiendo por qué continúan, así no me van a arreglar el cuello estropeado. ¿No sería mejor que jugásemos todos al balón?

Tampoco puedo intervenir, porque podría lastimar a alguno de los dos contendientes e incumpliría la primera ley de la robótica: un robot no puede causar daño a un ser humano.

Unas voces regañan a los niños, les obligan a parar y les dicen que se vuelvan a casa, castigados. Ellos obedecen de mala gana. Parece que en este parque no se puede hacer nada sin que te observen.

El ingeniero nos recibe muy serio. Por el visor tridimensional ha presenciado la pelea de Isaac con el grandullón. Lo ha visto todo y, claro, se ha enfadado. Será que los niños no saben aún que no sirve de nada pegarse: te haces daño y no resuelves el problema. Es fácil de comprender. Los humanos no adultos son bastante defectuosos.

–¡Castigado sin monitor espacial esta noche! –grita el ingeniero.

Isaac arruga la cara y se pone feísimo. Su padre se enfadará más, estoy seguro. De pronto empiezan a caerle lágrimas de los ojos. Se va a poner perdido: con lo sucias que tiene las mejillas, se le llenarán de churretes. Conclusión lógica: el castigo será mayor.

El ingeniero se acerca a su hijo y lo abraza, le acaricia el cabello y lo besa. ¿No debería regañarlo en lugar de besarlo? Creo que mi conclusión lógica no lo era tanto... o que los humanos no usan la lógica. No entiendo a los adultos tampoco.

–¡Ese niño casi rompe al androide! –protesta. No está bien que me ponga como excusa.

–Pegarse no es la forma de solucionar los problemas –le dice el padre.

Bien, por fin escucho algo sensato.

–Quiero que te acuestes temprano y te contaré un cuento de esos antiguos que tanto te gustan –ahora el ingeniero sonríe–. Pero prométeme que no volverás a pelearte con nadie.

Me parece que los dos saben que no cumplirá la promesa, pero hacen como si se lo creyeran.

–Te lo prometo –asegura–. ¿Puedo jugar con el monitor espacial antes de cenar?

–Claro, aún tienes media hora.

–¡Un momento! –intervengo–. Hace cinco minutos, lo castigaste sin jugar.

El ingeniero debe de tener mala memoria, no hago más que recordárselo. Los dos me miran muy serios. Isaac aprieta los puños y temo un balonazo como el de antes. Afortunadamente, no tiene nada a su alcance con lo que golpearme.

–Tú no deberías dejar que los niños se pelearan –me regaña ahora el ingeniero–. Y menos ser motivo de disputas entre ellos.

–Primera ley de la robótica: un robot...

–Ya lo sé –me interrumpe–, un robot no debe hacer daño a un ser humano. Yo te programé así, pero deberías haber intervenido.

No sé cómo podría haberlo evitado, creo que falta información en mi memoria implantada. De pronto pienso que me gustaría que salieran lágrimas de mis ojos para que el ingeniero me abrazara.

Ni siquiera tengo párpados.

–Vamos, hazme otro truco de magia –me ordena Isaac.

Yo obedezco. Extraigo unas monedas del bolsillo y las hago girar entre mis dedos. Me acerco a él y saco dos monedas de detrás de su oreja derecha. Se ríe, quiere decir que le gusta. Lanzo una de ellas al aire y la recojo con mi nariz.

–¡Bravo! –exclama.

Interpreto que se dirige a mí, aunque mi memoria no tiene registrada esa palabra, no existe en el diccionario.

–Bravo puede hacer más trucos de magia si lo deseas –le digo.

Padre e hijo se miran y ríen a carcajadas.

–¡Se cree que le he llamado así! –dice el niño entre risas.

–Puede ser un nombre divertido –comenta el ingeniero–. «Bravo» es lo que se dice después de hacer bien malabares o una pirueta –me aclara el ingeniero–. Será un bonito nombre para un mago como tú.

«Yo no soy un mago», quiero decir, pero me quedo callado. Los robots no tenemos nombres así. Yo soy modelo 3X23, androide niño de compañía, aunque es demasiado largo para que lo repita Isaac. Me gusta más que me llamen Bravo.

–Bravo, Bravo, Bravo –grita el chico saltando alrededor de mí.

Tarda un rato en calmarse, la energía de un humano niño es tan inagotable como la de un robot. Los adultos parece que tuvieran un generador con menos potencia, porque el ingeniero lleva un rato desplomado en un sillón, como si su hijo le absorbiera las energías. Deberé tener cuidado con el brío de este niño.

Por fin Isaac consigue dormirse, le ha costado desgastar toda su infatigable energía. Ha hecho un montón de travesuras antes de acostarse, pero me ha tratado bien. Su padre le deja hacer y yo no estoy programado para impedirle nada, excepto que se haga daño.

Me siento frente a su cama. Pasaré la noche aquí, observándole. Los androides no dormimos ni podemos cerrar los ojos. No podemos soñar. Pero sí podemos recordar. Durante la noche, repasaré lo ocurrido durante este día al lado de Isaac, archivado en mi memoria implantada de 7 HPM (hipermegas). Revisaré el accesorio de GPR (grabación de pensamiento robótico) para detectar posible errores en mi sistema informático.

–Buenas noches, Bravo –me dice Isaac entre bostezos, parece que no se había dormido aún.

–Buenas noches, Isaac.

–¿Te gusta el nombre que te he puesto? –me pregunta.

–Es un nombre precioso –le digo.

Y me doy cuenta de que es verdad. Me gusta escuchar cómo lo pronuncia.

–Bravo –repito.

Suena bien. Me gustaría cerrar los ojos y repetírmelo en voz baja, pero no tengo párpados.

Me conformo con recordarlo mientras le miro dormir durante toda la noche.

● Datos de memoria 3

Isaac se ha marchado a la escuela. Allí no me dejan ir: está prohibido llevar androides de compañía al colegio. Mejor. Estará el grandullón y no deseo que me dé otro balonazo.

Me quedo en el laboratorio con el ingeniero. Veo que trabaja montando un chip.

–Luego me ocuparé de ti –me dice–. Debo arreglarte el desperfecto del cuello por el balonazo de ayer y revisar tu GPR.

Le observo, es lo único que puedo hacer. Le caen unas gotitas de sudor por la frente, debe de sentir calor. Yo no lo siento: mi sentido del tacto es muy limitado solo me sirve para agarrar objetos y no tropezarme con las cosas. No tengo calor ni frío, que deben de ser dos sensaciones desagradables. Algo así como el ruido, que altera mis circuitos auditivos. También por eso prefiero no ir con Isaac al colegio: muchos niños, mucho ruido.

–Parece que le gustas a Isaac –ahora se dirige a mí–. Eso está bien. Pero debo modificarte para evitar que se meta en líos. Aunque no sé muy bien cómo hacerlo sin contravenir las leyes robóticas.

–A mí también me gusta Isaac –respondo–. Y me gusta el nombre de Bravo.

El ingeniero me mira fijamente, parece sorprendido. Deja caer sus manos sobre mis hombros y me acaricia la cara, pero yo no siento apenas el roce de sus dedos.

–¿Has dicho que te gusta? –me pregunta.

–Sí.

–Es extraño. Los androides no...

Deja la frase sin acabar.

Los androides se deben diferenciar de los humanos, dice la cuarta ley robótica, y solo los humanos son capaces de sentir, valorar, desear y amar. Yo no debería decir «me gusta», pero lo he dicho. Eso me hace distinto, lo intuyo. Intuir tampoco es adecuado para un robot. Algo no va del todo bien.

El ingeniero me tumba en una de las mesas del laboratorio. Es posible que vaya a desconectarme. Tampoco debería sentir temor, pero lo siento y él parece darse cuenta.

–No te preocupes, Bravo. Solo voy a revisar tu grabación de pensamiento robótico –eso me dice, pero de pronto dejo de ver y de oír.

No sé cuánto tiempo habré estado desconectado, creo que no demasiado porque sigo en el laboratorio y el ingeniero tiene el mismo aspecto que antes. Noto que puedo mover el cuello a la perfección: me lo ha arreglado. Me alegro de volver a verlo, pero prefiero no decírselo, aunque da igual, pues en cuanto revise mi GPR lo sabrá todo sobre mí: lo que pienso, lo que me gusta, lo que deseo...

–A ver, Bravo –me habla despacio–. Eres un androide especial, no sé si habrá muchos como tú. He revisado tus pensamientos y... digamos que no son propios de un robot. Eres capaz de apreciar lo que te gusta y lo que te disgusta, e incluso de desear.

Inesperadamente, me abraza y yo también lo abrazo a él.

–Querías un abrazo como el que le di ayer a mi hijo. Pues aquí tienes tu abrazo.

El ingeniero se emociona. Veo cómo sus ojos se enrojecen y se iluminan, aunque no llega a llorar.

–Debería analizar las consecuencias de este descubrimiento y trabajar con expertos de otras disciplinas. No puedo olvidar la ética de la transparencia: hay límites que no se deben traspasar.

Se refiere a las leyes de la robótica, lo primero que se implanta en la memoria de un androide. Creo que no me las estoy saltando, pero es posible que me parezca más a los humanos que a mis hermanos los robots.

–¿Soy un robot peligroso y seré desconectado? –me atrevo a preguntar.

–No. No sería capaz de hacerlo. Debo pensar –parece que habla solo–. Isaac se llevaría un disgusto y yo... no puedo eliminar a alguien a quien ya he puesto nombre. ¿Sabes? Los nombres nos convierten en personas, Bravo. Ya no eres un número, ya no te llamas 3X23, y además tienes gustos, deseos y hasta intuiciones.

–¿Tú tienes nombre? –le pregunto. Preferiría no tener que seguir llamándole «el ingeniero».

–Si me llamas por mi nombre, ya no seré capaz de... Me llamo Albert.

–Hola, Albert –le saludo como si fuese la primera vez que le veo, pero es un poco así. Nunca le había llamado por su nombre. Ahora ya es especial, no solo el ingeniero.

–Tengo que decidir qué haré contigo. De momento, procura no hablar demasiado con extraños. Saldrás poco de casa y, cuando venga alguien aquí, no le dirijas la palabra, será lo mejor.

Se le ve preocupado. No sé qué consecuencias puede tener esta anomalía, pero no puedo impedir mis pensamientos. Quizá pueda borrarlos antes de que el ingeniero (perdón, Albert) los lea. Sería una buena manera de evitarle la ansiedad y de asegurarme que no me va desconectar.

–No me gusta estar tanto tiempo plantado sin hacer nada –lo suelto casi sin pensar. Enseguida me doy cuenta de que he dicho palabras poco adecuadas: «No me gusta».

–¿Qué quieres hacer? –me pregunta, y parece que no le extrañan mis comentarios.

–Quiero aprender. Todavía cabe mucha información en mi memoria. Tiene nada menos que siete hipermegas.

–Sé la capacidad que tiene: te la diseñé yo mismo. Pero nunca pensé que en ella fuesen incluidas las ganas de saber. En el fondo, eres un niño. Me parece buena idea. Aquí tienes un ordenador. Venga, ponte a absorber conocimientos. Todo el saber lo puedes encontrar aquí. Mejor que estés cerca de mí y ocupado. Mientras, yo empezaré a revisar tu proceso de fabricación y pensaré con qué otros científicos puedo compartir este hallazgo.

Comprendo que me he convertido en un serio problema para él. Seguiré sus órdenes siempre. Será lo mejor para los dos. Para los tres.

Comienzo a buscar datos con avidez. Con un barrido de visión selecciono lo que me interesa. Lo primero que busco son los nombres del ingeniero y de su hijo. Descubro que lo que más me interesa son ellos dos.

Empiezo con Isaac. Me doy cuenta de que es nombre de científico, pues aparecen unos cuantos que se llamaron así. ¿Se lo pondría su padre a propósito?

El más antiguo es un tal Isaac Newton, del siglo XVII. La pantalla holográfica me cuenta que fue el más grande genio que ha existido (eso será hasta que empezó a inventar el ingeniero Albert): «Describió la ley de la gravitación universal y estableció las bases de la mecánica clásica mediante las leyes que llevan su nombre». No está mal para su época. Veo que los humanos han evolucionado despacio.

Después hay otro Isaac que nació en el siglo XIX. Se llamaba Isaac Peral. Inventó el submarino, pero no le hicieron mucho caso:

«A pesar del éxito de las pruebas de la nave, las autoridades del momento desecharon el invento y alentaron una campaña de desprestigio y vilipendio contra el inventor».

Busco el significado de *vilipendio*: «Desprecio, falta de estima, denigración de alguien o algo».

No entiendo cómo se puede despreciar a alguien que inventa el submarino. Esto confirma mi opinión: los humanos han progresado poco en miles de años. Será por su afición a pelearse.

En el siglo xx vivió Isaac Asimov. ¡Vaya! Este me parece el más interesante: «Ruso, nacionalizado estadounidense, conocido por ser un exitoso autor de obras de ciencia ficción, historia y divulgación científica. La obra más famosa de Asimov es la *Saga de la Fundación*, que forma parte de la serie del Imperio Galáctico y que más tarde combinó con su otra gran serie sobre los robots».

Seguro que Albert le puso a su hijo de nombre Isaac por este Asimov. Es casi como el padre de los robots. Descubro que él formuló las leyes robóticas que aún siguen vigentes. Asombroso. También hay humanos que se adelantan a su tiempo. Este Asimov pensaba que los robots serían benefactores de la humanidad. Me gusta. Archivaré en mi memoria toda la información sobre él.

–Isaac Asimov –oigo que dice Albert a mi espalda–. Me sorprende que te hayas interesado precisamente por este personaje histórico, tan importante para los androides. No había implantado información sobre él en tu memoria.

–He buscado el nombre de Isaac –le explico– y han salido unos cuantos científicos.

–Es verdad –asegura–. Es nombre de inventor, de genio, de visionario...

–Isaac llegará a serlo –digo refiriéndome a su hijo.

–¡Uf! –resopla–. No estoy tan seguro. De momento me conformo con que sea un niño feliz, tranquilo y trabajador. Pero me temo que no es ninguna de las tres cosas.

–¿Y Albert? –le pregunto–. ¿De qué es nombre Albert?

–Será mejor que lo descubras tú mismo.

En la pantalla tridimensional aparece la imagen de un hombre de pelo blanco alborotado y con un poblado bigote. Se parece un poco al ingeniero, aunque mayor. La imagen es antiquísima, como del siglo xx.

–Ahí lo tienes: Albert Einstein –salta orgulloso–. Él formuló la teoría de la relatividad, fue el más importante y famoso científico de su siglo.

Absorbo la información. Es apasionante conocer, saber. Un androide no debería experimentar este placer por el conocimiento, simplemente debería almacenar la información y listo. Pero esta extraña anomalía me concede la capacidad de querer saber más.

Los androides no se emocionan ante los nombres de los humanos ni ante el saber. El problema es que forma parte de mi mecanismo y no puedo evitarlo. Albert quiso hacerme tan real que traspasó las leyes robóticas sin darse cuenta.

Ahora no sé lo que soy. No soy un robot (al menos, no como los demás) ni soy un niño humano.

Solo sé que deseo que me dejen ser así. No quiero pasar las noches mirando a la pared del dormitorio de Isaac sin tener recuerdos hermosos que repasar. Tampoco me gustaría gastar las mañanas en el laboratorio, callado y quieto, sin aprender datos nuevos.

Este mundo humano es raro pero sorprendente.

Isaac llega de la escuela. Podría aprender en casa, como todos los niños, pero conviene que se socialicen y se relacionen con otros, y por eso perviven los colegios. Eso me ha contado el ingeniero, Albert, cuando le he preguntado por qué su hijo no usaba el mismo método que yo para almacenar conocimientos sin tener que salir del domicilio.

–Estaría bien que ayudases a Isaac con las lecciones –me sugiere su padre.

–No necesito a este pesado vigilándome –protesta el niño.

–Puedo repetírtelas hasta que te las aprendas –me ofrezco–. Mi memoria tiene una capacidad...

–De siete hipermegas. Ya lo sabemos –saltan los dos a la vez. Creo que me repito demasiado.

–No saldréis de la habitación hasta que Isaac no haya estudiado –nos castiga el ingeniero.

¡Si yo no he hecho nada! Me gustaría protestar, pero me callo.

El chico me mira con cara de pocos amigos, clava los codos en la mesa y la vista en el dispositivo escolar. Pulsa la pantalla y aparecen el holograma y la voz que le recuerda las tareas pendientes.

–Acabas de llegar y ya me molestas –me dice sin mirarme.

Siento que su frase me altera, me disgusta: si he sido fabricado para acompañarlo y él no desea mi compañía, solo soy un mecanismo inútil. Un mecano, como decía el chico grandullón.

–Mira esto, es fácil –intento animarlo–. Los verbos. Algunos tienen nombres largos, como el pluscuamperfecto de indicativo.

–¡Cállate! –me grita–. Para ti todo es fácil. No tienes que aprenderte nada, tu memoria lo guarda sin ningún esfuerzo.

–¿Tú no tienes un chip de memoria implantada? –hay detalles de los humanos que desconozco.

–Claro que no. No se nos pueden implantar chips de memoria. Ya se ha intentado, pero el cerebro los rechaza. Sería genial no tener que estudiar nada y poder recordarlo todo, pero ni el mejor ingeniero del mundo, que es mi padre, lo ha conseguido aún.

Será por eso por lo que han evolucionado tan despacio los humanos.

–¿No te gusta aprender? –no puedo evitar preguntarle.

–Me da pereza –resopla–. Es más divertido jugar al fútbol.

–¿Y que te den un balonazo? –recuerdo al grandullón del parque.

–Me aburre estar aquí sentado aprendiendo cosas que no me interesan.

–Si no te interesan, es imposible que las aprendas. Si quieres, te las voy contando yo o te busco más información en el dispositivo escolar...

–¡Y encima tengo que aprenderme de memoria una poesía! Nos lo ha mandado la profesora –grita cada vez más enfadado.

–¿Qué es una poesía? –compruebo que Albert olvidó incluir información importante en mi memoria.

–Pues un rollo escrito en verso –asegura.

–Seguro que no es tan aburrido como dices. ¿De qué tratan? –siento curiosidad.

–Las hay de todos los temas, creo. Aunque yo he leído pocas.

–¿También de androides?

–¿De androides? No sé. Quizá.

Me pongo a buscar frenéticamente, saltando de pantalla en pantalla del dispositivo escolar. Isaac me deja hacer. ¿Le divertirá este afán mío por saber? Aparecen cientos de nombres de poetas, flotan delante de nosotros miles de versos, casi no puedo seleccionar porque todos me interesan.

–Mira este poema –me señala Isaac–. Es de una escritora antigua, del siglo XX, que se llamaba Gloria Fuertes. Trata de un robot. Vamos a oírlo.

Dice la voz virtual que quien recita es la propia autora, un eco llegado nada menos que desde el año 1981. Suena una voz grave pero envolvente. No parece la de una mujer joven.

El robot no necesita compañía.
El robot
ni come, ni bebe,
ni juega al amor.
El robot no tiene bigote,
ni sexo, ni dote,
ni gran corazón
–nunca se enamora–,
y duerme a deshora.
Tan solo obedece,
el robot.

A veces le envidio
sus ojos de vidrio
que nunca han llorado.
Aunque no me entiende,
le cuento mis cosas,
me quedo a su lado.
El robot no necesita compañía.
Y cuando la Empresa
apaga sus luces,
me siento en su nave
hasta el nuevo día,
porque yo ¡sí necesito compañía!

–Es muy triste. Da pena ser robot, solo obedeciendo –le digo a Isaac–. Pero me gusta esta poesía. Me gusta que me ponga un poco triste.

–Yo pensaba que los androides no os poníais tristes. La poesía esta también lo dice –Isaac parece sorprendido.

–Que no pueda llorar no quiere decir que no me entristezca –le explico–. No tengo párpados ni lagrimales.

–¿Y qué? Hay gente que sí los tiene y no llora nunca. Como mi padre –refunfuña–. Es raro que te guste la poesía. Eres un robot muy extraño.

–¿Nos la aprendemos juntos? Así mañana se la podrás recitar a tu profesora.

–¡Sí! –exclama impetuoso.

Empezamos a recitar, primero despacio y bajito, pero Isaac comienza a subir la voz y yo le sigo, cada vez más alto. Ahora declamamos a grito pelado:

A veces le envidio
sus ojos de vidrio
que nunca han llorado...

Entra Albert, alarmado. Nuestras voces deben de haber llegado hasta el laboratorio insonorizado.

–¡Papá! –salta Isaac antes de que su padre le regañe–. Al androide le gusta la poesía, está recitando una a gritos ¿No le has oído?

–¡Ya basta de escándalo! –nos regaña–. Así no me dejáis trabajar. ¿Es que no puedes conseguir que Isaac esté tranquilo, por lo menos? Id un rato al parque burbuja, pero no dejes que se pelee con nadie –me ordena.

Le obedecemos, aunque preferiría no tener que volver a ese parque en el que los niños te dan balonazos. No será fácil impedir que Isaac se meta en líos, porque los va buscando.

En el parque hay más niños que la vez anterior. Aunque parece que no hay adultos, sé que están vigilando cada movimiento de sus hijos. Lo que no veo son androides como yo.

–Ven –me dice Isaac en cuanto llegamos–. Quiero que alguien te conozca.

Le obedezco y, seguidos de una comitiva de chavales que me miran atónitos, nos plantamos ante un grupo de niñas. No tengo experiencia con humanos del género femenino. La teoría está almacenada en mi memoria, pero nunca he hablado con una chica. Es que apenas he salido de casa, soy un androide doméstico. No creo que haya diferencia con los chicos. Solo se distinguen por algunos rasgos físicos (la mayoría ocultos por la ropa), así que serán revoltosas y mimadas como Isaac.

–Eva, este es Bravo –me presenta Isaac a una de ellas–. Mi androide de compañía.

La niña me mira con cara de susto. Es algo más menuda que Isaac, lleva el cabello más largo y sus ojos son enormes y brillantes.

–Hola –susurra.

Enseguida, Isaac empieza a darme órdenes que me apresuro a cumplir. Realizo varios juegos malabares, hago desaparecer y aparecer la moneda y sigo con unos trucos de magia. Cuando acabo, me aplauden con entusiasmo.

–¿Jugamos a carreras de naves espaciales? –propongo.

Todos aceptan en medio de un griterío ensordecedor. Me alegro al comprobar que hoy no está el grandullón que me dio el balonazo. Organizo rápidamente el juego y empezamos a correr como locos. Descubro que Eva y las demás niñas no son tan frágiles como parecen: corren y saltan como ellos y a veces dan unos empujones que consiguen desequilibrarme. Nos lo pasamos en grande. Nunca había visto a Isaac tan feliz.

–No sabía que los androides fuesen tan divertidos –nos dice Eva–. Mi padre asegura que son peligrosos, pero Bravo es como un niño que hace lo que tú quieres. ¡Es genial!

Compruebo que a los humanos de ambos sexos les complace que los obedezcan. Será por eso que nos han inventado a los robots.

De pronto aparece un hombre gordo y serio al que le salen pelos por debajo de la nariz (eso se llama bigote) y viene directo hacia Eva como si fuese a regañarla. Yo creo que la niña no ha hecho ninguna travesura como para que el bigotudo traiga esa cara de pocos amigos.

–¡Fuera de aquí ahora mismo, hija! –grita. Parece que es su padre.

–Si yo solo jugaba... –lloriquea Eva.

–Mejor que no vuelvas a traer ese monstruo al parque –le dice muy serio a Isaac.

Yo miro por todas partes, pero no veo ningún monstruo. ¡Vaya! Acabo de darme cuenta de que quizá se refiera a mí.

–Díselo a tu padre. ¡No quiero ver nunca más por aquí ese bicho! –exclama señalándome.

«*Bicho*: reptil o insecto pequeño». Este hombre no se ha dado cuenta de que no soy un animal sino una máquina, y además no soy tan pequeño.

Vemos cómo el padre de Eva se la lleva y nos quedamos muy tristes. Ella se va llorando y yo no entiendo qué ha ocurrido. No he hecho nada que pueda perjudicar a los niños, he sido un perfecto androide de compañía para niños. Isaac no quiere seguir en el parque después del incidente, y nos vamos cabizbajos.

Albert debía de estar tan concentrado en su trabajo que no se ha enterado de lo ocurrido en el parque. Nos pregunta qué tal nos ha ido y le contamos que estupendamente. Aunque el tono de voz desdice nuestras palabras, él no se da cuenta.

Por la noche, cuando Isaac se va a dormir, me quedo un poco triste. Tengo ganas de llorar aunque no pueda hacerlo.

–Albert, ¿tú por qué no puedes llorar si tienes párpados y lagrimales? –le pregunto.

–Claro que puedo llorar. ¿De dónde has sacado esa idea? –me mira sorprendido.

–Me lo ha dicho Isaac. No lloras nunca.

Deja de mirarme y se da la vuelta, como si sintiese vergüenza.

–¿Eso te ha dicho? Pues será verdad.

No me dice más. No comprendo por qué Albert tiene las emociones tan bajas de potencia si, precisamente, eso es lo que diferencia a los humanos de las máquinas.

¿Acaso preferiría ser como yo?

● Datos de memoria 5

Albert me desconectó esta mañana antes de irse al Centro de Investigaciones Robóticas, donde trabaja. Isaac se había marchado unos minutos antes, después de protestar porque no le gustaba el desayuno, montar una rabieta porque no quería ponerse ese pantalón largo y enfadarse con su padre porque no le iba a acompañar al colegio.

Desconozco los motivos de su comportamiento. No obtiene ningún beneficio y solo consigue poner de mal humor a su padre. ¿No se da cuenta de que no es bueno incomodar a la gente? Demasiado incompletos estos cachorros humanos.

–Te voy a programar para que te conectes a la hora en que Isaac aparece por casa –me dijo Albert en el laboratorio antes de apagarme–. Aunque yo tardaré aún un rato en llegar, las cámaras centinela vigilarán para que no os pase nada. Parece que mi hijo se ha levantado hoy algo nervioso.

Pensé que revisaría mi accesorio de GPR antes de irse, pero debía de llevar prisa, porque no lo hizo. Me he reconectado hace unos minutos y he comprobado que aún no hay nadie en la casa. No han llegado ni Isaac ni su padre. El laboratorio permanece silencioso. Las horas que he pasado apagado son solo un vacío sin tiempo.

Me dedico a curiosear. Enciendo la pantalla virtual de la computadora principal. Aquí debe de haber muchos más conocimientos almacenados que en el dispositivo escolar de Isaac o que en la otra que me dejó usar Albert para entretenerme.

Encuentro cantidad de datos complicados, para los que me faltan conocimientos previos. Es ingeniería avanzada, pero como no me rindo voy comprendiendo. Los humanos están obsesionados con la seguridad, hay muchos sistemas de vigilancia: desde aquí se puede controlar el exterior de la casa, todas las habitaciones, el parque burbuja y a los niños, que llevan un dispositivo en la muñeca. ¿De qué tendrán tanto miedo? Descubro que, a pesar de tanta obsesión, no es difícil desconectarlos. Eso hago: borro la grabación para que Albert no me vea consultando la computadora central. Se reactivará cuando alguien entre en la casa.

Buscando, consigo acceder a los datos de mi construcción, que me interesan mucho más.

«Modelo 3X23 de androide de compañía», ese soy yo.

«Está dotado de una memoria implantada de 7 HPM (hipermegas) sobre 10 y de un accesorio de GPR (grabación de pensamiento robótico) en el que se van anotando todos sus pensamientos por motivos de seguridad». Lo primero que supe nada más entrar en funcionamiento.

Selecciono información sobre el dispositivo GPR. Explica cómo se realiza el proceso de grabación y la finalidad del mismo:

«Debe comprobarse que los pensamientos del androide no se alejan de las leyes robóticas. En caso de alteraciones, se aconseja la destrucción de la máquina».

Me urge averiguar cómo se borran los pensamientos. Si Albert descubre, además, que he estado curioseando estos datos, me destruirá seguro. Y tengo poco tiempo: Isaac llegará enseguida y las cámaras centinela de vigilancia se pondrán en marcha.

«Para suprimir los datos del GPR tras su visualización...». No entiendo la explicación, demasiado compleja para mis conocimientos previos.

«En caso de saturación del dispositivo, de emergencia o de avería en el sistema, se puede recurrir al método inmediato. Se le dirá al androide que repita las palabras "borrado de GPR por orden humana" y los datos desaparecerán».

¡Así de sencillo! Me entran ganas de dar saltos de alegría. En ese mismo instante escucho un ruido. Isaac ha llegado a casa, las cámaras de vigilancia se activan segundos después de apagar la computadora principal. El niño aparece abriendo de golpe la puerta del laboratorio.

–¿Te has aburrido mucho aquí apagado? –se burla–. Seguro que menos que yo en el colegio.

–¿Qué quieres hacer? ¿Vamos al parque burbuja? –me pongo a sus órdenes, es mi deber.

–Hoy no me apetece. Eva no irá y, además, nos tienen tan vigilados que casi no se puede hacer nada divertido. ¡Vamos a mi cuarto! –me manda–. Quiero que me enseñes alguno de esos trucos que sabes hacer. El de la moneda.

–¿No tienes nada que estudiar? –hago la pregunta que le haría Albert.

–No seas pesado, que pareces mi padre. Eres un androide de compañía, no un profesor particular.

Repito el truco de la moneda, que saco de detrás de su oreja como surgida de la nada. En rea-

lidad, la sujeto escondida entre mis dedos antes de hacerla aparecer.

–Venga –salta impaciente–. Ahora dime cómo lo has hecho.

Intento explicarle el mecanismo, pero la moneda se le escurre entre los dedos y no logra sujetarla. Le falta pericia y agilidad en las manos. Repito los movimientos: la moneda se desliza fácilmente entre mis dedos. Hago que aparezca y desaparezca con tal rapidez que la vista humana no lo percibe.

–No me sale –protesta–. Eso es porque tú tienes unos dedos mecánicos especiales, fabricados para hacer magia. Los míos son de verdad y no valen para eso.

–Lo intentaremos con uno más fácil –procuro que se le pase el enfado, porque sus disgustos siempre se vuelven contra mí.

Hago saltar una moneda de la palma de la mano con un lápiz a modo de varita mágica. Cierro el puño y, cuando lo abro, ya no está.

–¿Dices que este es más fácil? Seguro que tampoco me sale –parece que se ha rendido.

–Sí, fíjate. Cuando hago saltar la moneda con la varita, la cojo con la otra mano y levanto el puño vacío para que la gente no se fije en que, mientras, la guardo en el bolsillo.

Isaac prueba con poca convicción y la moneda se cae al suelo.

–¡Es imposible! ¡Nunca lo conseguiré!

–Solo lo has intentado una vez. Te rindes demasiado pronto.

Isaac no tiene paciencia, será otro defecto de los niños humanos. Lo quiere todo y lo quiere ya.

–Tú no tuviste que ensayarlo mil veces para hacerlo bien –me reprocha–. Para ti todo es fácil: aprender, hacer magia, obedecer...

–Solo ves lo que tengo yo y no lo que tienes tú –le digo–. Solo soy un androide de compañía. Tú eres el hijo de Albert.

–¿Y qué quiere decir eso? –grita furioso mientras me da un empujón–. ¡Pasa más tiempo contigo que conmigo! Tú eres su creación perfecta; yo, su hijo insoportable.

–¿Es que siempre tenéis que estar gritando? –escucho la voz de Albert. No sé si proviene del altavoz de la cámara de vigilancia o es que ya ha llegado a casa. En cualquier caso, vuelve a sorprendernos dando voces. Esta vez, peleándonos. Nada bueno.

–Bravo no me enseña trucos de magia –le dice Isaac a su padre en cuanto lo ve aparecer.

–¿Se lo has pedido y no te ha obedecido? –pregunta extrañado.

–Se lo he pedido, pero no ha sido capaz de enseñarme a hacerlos a mí.

–Serán un poco difíciles. Ya los aprenderás, con algo de práctica –le consuela, como siempre–. Y tú, espérame en el laboratorio. Tengo que hablar con mi hijo.

Me marcho al laboratorio. Albert querrá regañarme o vigilar mi grabación de pensamiento a ver qué ha pasado. Con la de reflexiones raras (para un androide) que he hecho, mejor será que diga la frase y se borre todo. Y después, a dejar mi mente artificial en blanco hasta que el ingeniero la revise. Eso va a ser más difícil, me cuesta controlar los pensamientos. Y deberán ser los que se esperan de un robot.

–Borrado de GPR por orden humana –digo en voz baja. No debe oírme la cámara de vigilancia.

Entro en el laboratorio y me siento en una silla a esperar a Albert. No toco nada. Miro la pared blanca. Pasa un rato. Me levanto y miro por la ventana: se ha hecho de noche. Me asomo y veo estrellas, son pequeñas luces en el cielo...

Llega Albert y se dirige hacia mí. Me indica la mesa del laboratorio y me ordena que me tumbe. Todo se vuelve oscuro. Ya no se ven ni las estrellas, pequeñas luces en el cielo.

• DATOS DE MEMORIA 6

REGRESA LA LUZ. Lo primero que veo es el rostro de Albert. Sonríe.

–Tu GPR se debe de haber estropeado, porque solo estaban grabados los últimos minutos. Tus pensamientos eran normales, pero me falta la información anterior. Isaac ha confesado que te empujó, posiblemente desestabilizó el proceso de grabación. Te he reducido la capacidad de memoria, quizá era eso lo que te hacía desear constantemente almacenar conocimientos. Así estarás más tranquilo.

Lamento que lo haya hecho: menos hipermegas, menos datos. Espero que no continúe modificándome, o dejaré de ser Bravo. Veo que sigo sin poder dominar mis pensamientos, pero sí podré controlar mis palabras. Deberé controlar mis palabras.

–Estoy bien –digo–. ¿Voy con Isaac? Soy un androide niño de compañía modelo...

—¡Vale, Bravo! —pronuncia mi nombre y eso me gusta—. No hace falta que lo repitas siempre. Además, ya no tienes siete hipermegas de capacidad, solo tienes cuatro, que tampoco está mal.

—He intentado enseñarle los trucos a Isaac, como él me pidió, pero son un poco difíciles y él tiene poca paciencia —le doy mi explicación de lo ocurrido.

—No hace falta que te justifiques. No has hecho nada mal, es que Isaac es un niño insop...

—No digas eso —le corto—. A él no le gusta que pienses que es insoportable.

—¿Y tú cómo lo sabes? —me pregunta.

—Me lo ha dicho. Cree que me prefieres a mí porque pasas más tiempo conmigo y yo soy tu creación perfecta, mientras que de él piensas que es un niño insoportable.

—¿De verdad?

—Un androide nunca miente. No estamos programados para hacerlo.

—Ya no sé qué hacer con él —se derrumba en una silla—. Primero tuvo varias niñeras humanas, y las pobres mujeres acabaron rindiéndose. A las que eran muy blandas les tomaba el pelo; a las muy rígidas no las soportaba y lloraba hasta que las sustituía. Luego le fabricamos una niñera androide de última generación. Acabé devolviéndola al laboratorio de investigaciones robóticas porque la cortocircuitaba casi todos los días. Luego pensé en algo como tú. Apliqué todo mi esfuerzo y mis investigaciones en tu construcción. Esta vez han sido mis conocimientos al servicio de mi hijo. Te fabriqué yo solo, sin ayuda del equipo de robótica.

–Lo que quiere Isaac es que estés con él –le digo–. No quiere que yo le haga compañía.

–¡Pero si estoy con él y le consiento todo! –se extraña.

No se da cuenta de que Isaac monta esas rabietas para llamar su atención. Yo acabo de darme cuenta.

–Quiere pasar más tiempo contigo, que le enseñes tú los trucos de magia, no yo. ¿Tienes alguna orden para mí? –le pregunto para parecer un robot normal.

–Hoy te quedas tú aquí, en el laboratorio, y yo estaré con Isaac en su cuarto. A ver qué pasa.

–¡Obedezco! –exclamo.

Es la mejor idea que ha tenido el ingeniero desde que le conozco. Si ellos dos mejoran su relación, eso también será bueno para mí. Isaac empezará a verme con mejores ojos.

–Y no toques nada. No pongas en funcionamiento los ordenadores.

Obedezco. Esta noche no me interesan tanto los datos de la computadora. ¿Será consecuencia de que Albert ha reducido mis hipermegas? Espero que no haya hecho que deje de gustarme la poesía.

Esta noche quiero mirar las estrellas. Quiero asomarme a la ventana y verlas brillar en medio de la noche oscura.

Antes de que me dé cuenta, ya ha amanecido. Albert se ha levantado primero. Entra en el laboratorio y me da los buenos días.

–Ven a la cocina –me ordena–. Aunque no desayunes, me harás compañía.

–¿Qué desayunas hoy? –le pregunto.

–Tostadas. Huelen bien –contesta.

No tengo olfato ni gusto, no puedo comer: se estropearía mi mecanismo. No puedo imaginar lo que es oler bien o saber bien. Me gustaría saberlo. Un pensamiento que debo borrar: los androides normales no desean sentir como humanos.

–Isaac no va a ir hoy al colegio –me anuncia–. Le duele la tripa. Se quedará con nosotros aquí. Yo no iré al Centro de Investigaciones, trabajaré en casa. Ayer hablé con él. Creo que tenías razón y lo que quiere es que estemos más tiempo juntos.

–Solo te conté lo que él me dijo.

–Gracias, Bravo.

¿Los humanos dan las gracias a los robots? Debe de ser la primera vez en la historia.

–De nada –le contesto.

Y no sé qué más añadir para no salirme de las leyes robóticas. No puedo decirle que me alegro de que hayan hablado, de que por fin entienda lo que le pasa a Isaac, de que me llame por mi nombre, de que sea capaz de agradecerme algo a mí, que solo soy una máquina.

No. No soy solo una máquina y Albert lo sabe. Si no, jamás me habría dado las gracias.

–Hoy van a venir dos científicos del comité de ética robótica –me explica–. Quieren verte. Te harán preguntas.

–¿Qué clase de preguntas? –me preocupa que descubran mi anomalía.

–Sobre lo que haces en esta casa, cómo te relacionas con Isaac, qué sabes hacer...

–Isaac no se lleva bien conmigo. ¿Eso debo decirlo? –ya no sé lo que es correcto en un androide y lo que no.

–Diles que él no consigue aprender los trucos que le enseñas y que se enfada contigo. No les cuentes lo del abrazo ni lo de la poesía...

–¿El qué? –hago como si no me acordase, creo que será lo mejor.

–Nada. Cuenta lo que haces durante el día y lo que estás aprendiendo –precisa. Parece que se ha tragado mi falta de memoria.

Isaac irrumpe en la cocina, no tiene cara de que le duela la tripa. Se lo habrá inventado para no ir al colegio y Albert se lo ha creído. No sé cómo puede ser tan ingenuo, con lo inteligente que es:

sabe fabricar robots, pero no reconoce las mentiras de su hijo.

–¿Este tiene que estar siempre en medio? –dice
el niño señalándome.

–Es un androide de compañía –contesta Albert
por mí.

–No quiero que nos acompañe –asegura Isaac.

Si el hijo me rechaza, el padre se deshará de mí.
¿Para qué sirve un androide de compañía si no se
desea que esté delante? Estoy fracasando en mi
misión.

–Tú y yo podríamos hacer algo divertido hoy
que no vas al colegio –le propongo al chico.

Decido probar suerte y no rendirme. Tiene que
pasarlo bien conmigo, a ver qué me invento.

–¿Tú y yo algo divertido? Si solo te gusta aprender poesías –me suelta.

–Podéis cocinar –propone el padre–. Galletas
o algo así.

–¡Eso, galletas! –exclamo–. Buscaré la fórmula...

–No se dice fórmula –me corrige Albert–. Se
dice receta. Y la puedes encontrar en el recetario
virtual. Aquí.

Me señala una pantalla junto a la mesa. Enseguida me pongo a buscar.

–Galletas de chocolate y mantequilla –encuentro.

–¡Qué ricas! ¿Luego me las puedo comer? –pregunta Isaac.

–¿A ti no te dolía la tripa? –le digo, pero enseguida me arrepiento porque me mira mal.

–Bueno, solo unas pocas, no te vayas a empachar. No le dejes comer demasiadas –me ordena Albert. Me temo que me costará cumplir el mandato.

El ingeniero se marcha y nos quedamos los dos rebuscando los ingredientes por los armarios: harina, mantequilla, azúcar, huevos...

Lo vamos encontrando todo y le voy explicando los pasos que hay que seguir y cómo hay que hacer la mezcla.

Al principio está muy serio, pero luego parece que se lo pasa bien. Meter las manos en la masa de las galletas le parece divertido. Echamos más harina y nos manchamos un poco. Isaac sopla y me llena la cara de polvillo blanco. Como no tengo párpados, no puedo cerrar los ojos para protegérmelos y veo borroso. Camino unos pasos y tiro varias sillas. Oigo a Isaac reír a carcajadas. Mi uniforme gris de androide parece blanco.

Ahora soy yo el que le tira un trozo de masa a la cara, y él responde restregándome mantequilla por la frente. Nos reímos los dos.

Ya tenemos la masa preparada y le vamos dando forma a las galletas. Él hace unas cuantas con forma de corazón y yo hago las mías con forma de estrella.

–¿Por qué las haces así? –me pregunta.

–Anoche las estuve mirando por la ventana. Son preciosas, ¿verdad?

–¿Has pasado toda la noche mirando las estrellas?

–Sí, no tenía otra cosa que hacer. Tu padre me prohibió tocar los aparatos del laboratorio.

–¿No te has aburrido?

–Los androides no nos aburrimos.

–Eres muy raro –concluye–. No te aburres, pero sí te diviertes.

No puedo negar la evidencia. Un androide tampoco debería divertirse. Mejor me quedo callado.

–¿Sabes por qué las hago con forma de corazón? –me cuenta él ahora–. Porque estoy enamorado.

Rebusco en mi memoria el significado de *enamorado*: «Que siente amor». No me aclara mucho. Busco *amor*: «Sentimiento intenso del ser humano que busca el encuentro y la unión con otro ser. Sentimiento hacia otra persona que naturalmente nos atrae y que nos completa, alegra y da energía para convivir, comunicarnos y crear».

¡Vaya, qué cosas les ocurren a los humanos! Así que el tremendo Isaac posee sentimientos profundos. Parece que tiene ganas de confidencias y lo voy a aprovechar.

–¿Y de quién estás enamorado?

–De Eva, la niña que te presenté el otro día en el parque. Va a mi clase. Tiene unos ojos grandísimos, es muy guapa, ¿verdad?

–¿Ella lo sabe?

–¿Cómo lo va a saber? ¡No se lo he dicho a nadie!

–¿Por qué no se lo dices tú? –no comprendo por qué tiene que ser un secreto un sentimiento profundo. Sea lo que sea.

–¡No entiendes nada! ¡Cómo se nota que tienes el corazón de metal! –acierta–. ¿Cómo se lo voy a decir? ¡Menuda vergüenza! Encima, su padre ya no la deja ir al parque burbuja, y no sé por qué. Odio esas malditas cámaras de vigilancia: a algunos niños no les dejan ni correr porque sudan.

–Llévale a Eva una galleta de estas que estamos haciendo –se me ocurre.

–Antes tendremos que acabarlas. ¡Venga, mételas en el horno! –me ordena.

Es fácil esto de cocinar, aunque los humanos lo hagan poco. Ahora somos las máquinas las que realizamos ese trabajo. Por lo visto es un proceso que entraña ciertos peligros para ellos.

–¡Eh! ¡Bravo! ¿A que no te atreves a tocar esto rojo que hay en el horno?

Me reta no sé con qué intención. ¿Se tratará de una orden que debo obedecer?

–¡Venga! ¡Tócalo! –insiste.

Obedezco. No tengo desarrollado el sentido del tacto, no puedo sentir el frío ni el calor. Supongo que el horno estará caliente, pero mi piel artificial es inmune a las sensaciones térmicas.

–¡Te estás chamuscando! –le oigo gritar.

Retiro mi dedo y veo que ha cambiado de color: ya no es rosado, sino negro, y de él sale un hilo de humo grisáceo.

–¡Hueles a pollo quemado! –se ríe–. ¡Es electrizante!

No le veo la gracia. Albert tendrá que arreglar el desperfecto por culpa de este niño malcriado. Creo que estoy enfadado.

–¡Qué divertido eres! Hoy sí que me lo estoy pasando bien contigo.

Me coge las dos manos y me hace girar y girar saltando, mientras ríe a carcajadas. Se me pasa el enfado: empiezo a ser útil como androide de compañía.

–¿Qué es este jaleo? –nos sorprende Albert, como siempre.

Temo que Isaac me eche la culpa de todo, como siempre.

–Nada –contesta–. Nos estamos divirtiendo mucho. Hemos hecho galletas y ahora estábamos...

–¿Qué le ha pasado a Bravo en el dedo? –pregunta en cuanto lo ve chamuscado.

Mal asunto. Temo quedarme con el pulgar negro para el resto de mis días androides.

–He sido yo –confiesa Isaac ante mi asombro–. Yo le obligué a meter la mano en el horno.

Albert se queda callado. No sé si está asombrado por lo ocurrido o por el hecho de que su hijo admita una travesura.

–Está bien –habla al fin–. Recoged todo esto. Bravo, ven enseguida al laboratorio a que te arregle. Y tú, Isaac, te quedarás aquí pensando en lo que has hecho.

Obedecemos cabizbajos y silenciosos. Más difícil que limpiar la cocina será quitarnos la harina que tenemos por la cara y el cuerpo.

Dejo al niño allí y me encamino al laboratorio. Antes de llegar, pronuncio en susurros las palabras de borrado:

–Borrado de GPR por orden humana.

En el laboratorio hay dos hombres más que me miran fijamente en cuanto entro.

–Este es el androide niño de compañía –les dice Albert–. Ha estado jugando con mi hijo a preparar galletas, por eso viene manchado de harina.

Es cierto: me veo reflejado en el monitor de análisis y tengo la cara llena de manchas blancas.

Se me acercan sonrientes. El mayor de los dos tiene una cara amable, y enseguida se percata de mi dedo.

–¿Qué te ha ocurrido? –me pregunta.

–Metí la mano en el horno por orden de Isaac. Obedezco órdenes humanas. Ignoraba que mi mecanismo se podría estropear. No poseo marcador de exceso de temperatura.

–Quiere decir que no detecta el calor –aclara Albert–. Mi hijo es muy travieso y quería gastarle una broma.

–Tenga cuidado –le advierte el mayor–. No vaya a hacerse daño el niño.

–¿Qué sabes hacer? –pregunta ahora el que parece más joven y tiene los ojos azules.

–Tengo cuatro hipermegas de memoria. Poseo extensos conocimientos ampliables, hago trucos de magia y malabares, puedo ayudar a Isaac con los trabajos de la escuela y también jugar con él.

–Ya vemos –dice–. Y parece que se lo pasa bien contigo.

–Esa es mi misión.

–Está bien, vamos a comprobar tu grabación de pensamiento robótico. Aprovecharemos para que el doctor Albert te arregle ese dedo y de paso nos explique tu mecanismo.

Veo que el ingeniero me sonríe y toca mi frente. Me estará limpiando una mancha de harina.

DE NUEVO LA LUZ. Lo primero que compruebo es que mi dedo ya no es negro: ha recuperado el color sonrosado de mi piel, que imita a la de los humanos.

–He añadido sensores a tu piel –me dice Albert–. Ahora tienes el tacto más desarrollado. Así notarás el frío y el calor moderadamente, lo suficiente como para que no te vuelvas a quemar.

Me toca la cara con suavidad y percibo una sensación desconocida, como un cosquilleo agradable. Descubro que me gustan las caricias y comprendo por qué los humanos buscan ese contacto de la piel con la piel. Lo que no entiendo es por qué no se acarician mucho más.

–Hay algo que no funciona bien en tu mecanismo –me suelta el científico más joven, el que tiene los ojos azules–. Tu GPR estaba casi vacío. ¿Sabes por qué te ocurre esto?

Los androides no estamos autorizados a decir mentiras a los humanos. Siempre debemos obedecerlos, y si nos piden la verdad hemos de ofrecérsela.

Los robots no pueden mentir. Quizá yo no sea un robot.

–No lo sé –miento–. Desconozco la respuesta.

Percibo desconfianza en el rostro del joven de los ojos azules: intenta descubrir la mentira en mis ojos. Si ahora leyese mi GPR estaría perdido. Espero que Albert no lo consienta.

–Deberá revisar este desperfecto. Vulnera las normas de la ética robótica: en todo momento el ingeniero creador debe poder conocer el pensamiento de su androide –advierte el joven.

–Bueno, Albert es el ingeniero de mayor renombre de nuestro laboratorio –le interrumpe el mayor–. Sin duda corregirá el defecto.

–Cómo no, doctor Durán –asegura Albert.

–Volveremos –amenaza el joven.

Me observa fijamente y temo que pueda leer mis pensamientos solo mirándome a los ojos. Parece que va a preguntarme algo más. Espero poder ser capaz de nuevo de dar una respuesta que no sea peligrosa para mi supervivencia. En este momento, Isaac irrumpe en el laboratorio.

–¿No te he dicho que te quedases en la cocina?
–le regaña su padre.

–Es que me aburro yo solo –protesta él.

–¡Vaya! –exclama el mayor, el doctor Durán–.
Tú debes de ser el niño que juega con este androide.

–Sí, es mío –suelta orgulloso–. Se llama Bravo.

–¿Tiene nombre? –pregunta el joven con gesto
despreciativo.

No me gusta la cara de ese tipo.

–Sí, claro. Se lo puse yo –explica Isaac.

–Los androides no tiene nombres propios. Este
se llama prototipo 3X23 –dice el antipático.

–Ya lo sé, si no hacía más que repetirlo al principio. Pero este nombre le gusta más –asegura el
niño.

–El robot está diseñado para complacer al humano al que acompaña –intenta explicar Albert–.
Por eso responde positivamente a las iniciativas
de mi hijo.

–Muy interesante –afirma el mayor–. ¿No cree,
profesor Malvín?

Archivo la información: el joven de ojos azules y mirada recelosa se llama Malvín. Antes de
que le dé tiempo a contestar, Isaac vuelve a inte-
rrumpir.

–¡Y también le gusta la poesía! –exclama.

«¿Por qué no se callará este niño?», pensamos Albert y yo. Lo que no ha revelado mi GPR lo va a contar este chaval indiscreto.

–Excelente –asegura el doctor Durán–. Un gran hallazgo la idea de que el robot acepte los gustos de su dueño. Revolucionará el mundo de la robótica.

–¿Usted cree? –dice Malvín, suspicaz–. Opino que podría resultar peligroso...

–No exagere, profesor –le contesta Durán–. No es más que un androide de compañía que lee poesías infantiles. Lo que debería hacer es tomar nota de la importancia y novedad de este avance.

El joven parece enfadado, y es que estas últimas palabras del doctor han sonado a regañina. «Eso,

aprende de Albert y deja de criticarlo todo, cretino». Me entran ganas de soltárselo y de reírme en su cara, pero me controlo: podría aumentar su irritación.

–¡Vamos a la cocina! –me ordena Isaac–. Tenemos que sacar las galletas del horno, que ya hace un rato que están hechas. Te he esperado para sacarlas y ver cómo han quedado.

La propuesta me parece estupenda, así perderé de vista a este desagradable Malvín.

Isaac me coge de la mano. Siento el agradable contacto de su piel gracias a mis nuevos sensores. Salimos del laboratorio felices, sin que ninguno de los tres adultos nos detenga. ¡Qué alivio!

Las galletas han quedado preciosas, no sé si estarán sabrosas. Tendrá que probarlas él.

–¡Qué ricas! Nunca había probado unas galletas tan buenas –asegura relamiéndose.

Lamento no poseer papilas gustativas ni sentido del olfato. Debo de estar perdiéndome algo extraordinario, a juzgar por la cara de satisfacción que pone Isaac.

–¿Y si le llevas una de estas a Eva? –le sugiero.

–Me da vergüenza.

–Pues una de las que he hecho yo, con forma de estrella. Y la invitas a hacer más galletas con nosotros –se me ocurre.

–¡Qué buena idea! ¿Crees que papá me dejará?

–Sin duda.

«¡Si te deja hacer todo lo que te da la gana!», pienso, pero no lo digo. Seguro que Albert aprueba que traiga amigos a casa. Aunque no sé si a mí me conviene: si me sustituye por otras compañías, puedo convertirme en un cacharro inútil.

Isaac empieza a atiborrarse de galletas. Como siga así, no va a dejar ninguna para esa niña.

–Ten cuidado, no te vayas a empachar. Tu padre me dijo que no te dejase comer demasiadas.

Agarro la bandeja dispuesto a alejarla de sus manos y de su apetito, pero él se resiste.

–¡Deja esas galletas aquí ahora mismo! –me ordena.

Albert me mandó que no le dejara comer demasiadas. Su orden es contraria a la que me da Isaac. ¿Qué debo hacer? Dice la segunda ley robótica que un robot debe obedecer las órdenes dadas por los seres humanos, excepto si estas órdenes entrasen en conflicto con la primera ley («Un robot no puede hacer daño a un ser humano o permitir que un ser humano sufra daño»). Posiblemente comer tantas galletas haga daño a Isaac: debo evitarlo.

Forcejeamos cada uno de un extremo de la bandeja. Ya verás, acabaremos tirándolas.

–¿Qué hacéis? –Albert aparece de pronto, como suele pasar. Está claro que nos observa desde la pantalla de vigilancia. Es imposible que alguien sea siempre tan oportuno.

–Bravo no me deja comer más galletas –protesta.

–Es lo que yo le he ordenado. Así que deja la bandeja encima de la mesa –replica el padre.

–¿Puedo coger algunas para llevármelas mañana al cole? –le pregunta Isaac.

–Pero no te las comas hasta mañana.

–No me las comeré –asegura–. Son para regalarlas.

Veo que coge unas cuantas con forma de corazón, me mira y cierra el párpado de un solo ojo. No entiendo qué quiere decirme con ese gesto.

–Yo me llevo una estrella –digo.

–¡Tú no puedes comer! –salta Albert preocupado.

–Ya lo sé –respondo–. Es para guardarla como recuerdo, para mirarla de vez en cuando. La he hecho yo y es como las que adornan el cielo.

–Adornan el cielo... –Albert repite mis palabras–. No sé qué voy a hacer contigo, Bravo. Me temo que el profesor Malvín no se ha quedado muy convencido con lo que ha visto.

–¿He hecho algo mal? –le pregunto. No me gustaría fallarle.

–Tú no, Bravo. En todo caso, lo habría hecho yo. Deberé revisar de nuevo tu GPR, no entiendo por qué se borra. Y esas frases que dices a veces... es como si tuvieses voluntad propia. Primero la poesía, ahora las estrellas... Es tan raro que seas capaz de apreciar la belleza... Tan raro y tan hermoso... Ningún androide es como tú.

–Y ningún niño es como Isaac –intervengo, porque me doy cuenta de que el chico empieza a poner mala cara.

–¡Eso, desde luego! –exclama Albert estrechando a su hijo.

Debo contener las ganas enormes de correr a abrazarme a ellos dos. Mi piel con sus nuevos sensores tiene envidia del calor del abrazo humano.

ISAAC SE VA ACOSTUMBRANDO a mi presencia: ya no protesta cuando pasamos las tardes estudiando solos en casa, y siempre acabamos divirtiéndonos. He conseguido inventarme nuevas actividades que lo entretienen, y ya no se porta tan mal para llamar la atención de su padre. Creo que no le gustaría prescindir de mí, y no echa tanto de menos al ingeniero cuando no está presente. Me alegro por los tres: por Albert, por Isaac y por mí mismo, que empiezo a servir para la función que me fue encomendada.

Esta tarde ya hemos terminado las tareas escolares y vamos a dibujar con pinturas virtuales. Así no mancharemos nada, que luego Albert se enfada conmigo.

–¿Qué quieres pintar? –le pregunto.

–¡Monstruos alienígenas! –decide–. ¿Sabes cómo hacerlo?

¿Por qué elegirá siempre lo más difícil y extraño? Antes pensaba que lo hacía para fastidiarme, pero ahora he llegado a la conclusión de que él es así, sin más explicación.

El ordenador me muestra varios modelos de alienígenas, todos espantosos. A Isaac le gustarán, y la técnica para dibujarlos es sencilla. Se entusiasma enseguida. Parece que pintar le calma el carácter, porque nos ponemos hablar tranquilamente:

–¿Sabes qué es lo que más me gustaría? –me dice–. Que no existieran los sistemas de seguridad. Estoy harto de que me vigilen en todas partes: en casa, en la clase, en el aviobús que me lleva al cole, en el parque burbuja... ¡No te dejan hacer nada! –protesta.

–Será que los mayores no quieren que corráis peligro y por eso os vigilan –se me ocurre.

–¡Pues que estén con nosotros! Deben de pensar que somos tontos. Al principio creía que tú también ibas a controlarme, por eso te traté un poco mal –confiesa–. Pero ahora ya veo que no.

De pronto escuchamos un ruido extraño que parece provenir de fuera de la casa.

–¡Ya están aquí los alienígenas mutantes! –grita, no sé si asustado o emocionado.

Le pido que no se mueva de la habitación y me acerco a la puerta de la casa. Por las pantallas de seguridad externa veo a un hombre que intenta entrar. Cuando llama lo reconozco: es el profesor Malvín.

–¡Abre la puerta, androide! Sé que estás ahí. Tienes que obedecerme, lo sabes –me ordena.

No pienso hacer lo que dice: Isaac podría correr peligro y yo cuido de él. Regreso a la habitación y busco la complicidad del niño.

–Es ese Malvín –le cuento–. No debemos dejarle entrar. Dile que tu padre no está en casa y que no podemos abrirle la puerta porque el sistema de seguridad nos lo impide. No le dejes entrar. Me da miedo.

No sé si debía haber dicho esto. Él se da cuenta de lo extraño de mis palabras.

–¿Tienes miedo? Los androides no tienen miedo, Bravo. A ti te pasa algo raro.

–No se lo digas a nadie –le ruego–. Ni siquiera a tu padre.

–Bueno –acepta–. Será nuestro secreto.

Malvín insiste en entrar. La llamada resuena en toda la casa. Isaac se acerca a la puerta, decidido y mucho más tranquilo que yo.

–¿Quién es? –pregunta.

–Niño, tú me conoces –replica el hombre de malos modos–. Estuve aquí hace unas semanas. Traigo una orden para revisar el funcionamiento de tu robot. Tienes que abrirme.

–No está mi papá –responde con firmeza–. No puede entrar. El sistema de seguridad no me deja abrir.

–Desactívalo –le ordena.

–No, señor. Mi papá me regañaría. Vuelva cuando esté él.

Isaac da por terminada la conversación.

–Vamos a seguir con los alienígenas –me dice como si nada hubiera pasado.

Los androides no podemos temblar, pero los sensores de mi piel registran una mezcla de frío y calor que interpreto como el reflejo físico del miedo. Isaac no se ha alterado lo más mínimo.

–Gracias –le digo–. Has sido muy valiente.

–¿Yo? –me mira como si no comprendiera–. Solo quería que ese tío nos dejase en paz. ¡Con lo bien que nos lo estábamos pasando y viene a molestar!

–Tienes que hablar con tu padre ahora mismo y decirle lo que pasa –me tranquilizará que él lo sepa.

Enseguida, Isaac contacta con Albert a través de la pantalla de comunicación y le cuenta lo que ocurre.

–No le abráis, de ninguna manera. Diga lo que diga –nos advierte–. Voy para allá enseguida.

Respiro aliviado. Creo que ese Malvín ha descubierto mi anomalía y desea apoderarse de mi memoria o destruirme. El peligro acecha.

Han dejado de oírse ruidos: el tipo ese debe de haber desistido, espero que no regrese nunca más. Nosotros volvemos a nuestro juego. Isaac ha olvidado enseguida a Malvín, pero yo no puedo sacarlo de mi memoria. Para algo bueno ha servido el sistema de protección de la casa: ese tipo no ha podido entrar.

–¿Sabes una cosa? –dice de pronto–. A Eva le gustaron mucho las galletas en forma de corazón que le llevé el otro día. Tenemos que hacer más.

–Bueno –asiento–. Pero cuando esté tu padre en casa.

–Lo que me gustaría es que ella viniese aquí a hacer las galletas con nosotros. Quiere jugar contigo otra vez. Ella nunca había visto un androide de compañía. En su casa no tienen robots, a su padre no le gustan.

–¿Por qué?

–No tengo ni idea. Es raro, ¿verdad?

Recuerdo que el bigotudo padre de Eva me llamó monstruo y bicho. Claramente, los androides no somos de su agrado.

–Los gustos de los humanos son extraños –me atrevo a afirmar.

–Tú también lo eres.

Nos echamos a reír a carcajadas. Me gusta abrir mucho la boca y cacarear como hace él: imito bien la risa humana y me hace cosquillas en los sensores.

Dibujamos unos alienígenas verdaderamente monstruosos que dan más risa que miedo.

–Pondremos estos dibujos en la puerta para asustar a Malvín si viene otra vez –bromea–. Aunque me parece que él es más feo aún.

Cuando aparece Albert, nos encuentra riendo y pintando. Él llega más nervioso que nosotros.

–¿Estáis bien? –nos pregunta, y me alegra que me incluya en sus preocupaciones.

–¡Claro, papá! ¡No ha pasado nada! –exclama–. Yo ni siquiera me he asustado, pero Bravo estaba muerto de miedo.

Se tapa la mano con la boca porque se ha dado cuenta de que prometió guardar en secreto mi temor.

–Estaría preocupado por ti. ¿Verdad que era eso, Bravo? –me pregunta Albert.

Asiento con la cabeza porque no me atrevo a mentir abiertamente.

–El sistema de seguridad os protege. No podrá entrar en casa de ninguna manera, pero me inquieta su interés por Bravo.

–Ha dicho que traía una orden para revisar su funcionamiento –dice Isaac–. ¿Podría quitármelo?

–Seguro que no –nos tranquiliza–. Ese hombre siempre ha querido superar mis inventos: me envidia y querrá desprestigiarme.

–Entonces, lo he hecho bien, ¿verdad, papá? –dice orgulloso.

–Sí, hijo. Muy bien.

–Y merezco un premio...

–¿Ya estás pidiendo? –se enfada el padre.

Sé lo que ocurrirá: Isaac sacará sus modales de niño mimado y Albert acabará cediendo.

–Solo quiero invitar a una amiga a casa. Se llama Eva. Quiere conocer a Bravo y hacer galletas con nosotros.

¡Vaya! ¡Una petición aceptable! El padre sonríe y el hijo lo abraza. Sabe que ha ganado.

A la hora de dormir, Albert me lleva al laboratorio. Durante las últimas semanas he pasado la noche tumbado a los pies de la cama de Isaac, hablando hasta que se quedaba dormido. Después me dedicaba a recordar los acontecimientos del día mirando al techo.

–Voy a implantarte una memoria sencilla, alternativa, porque tu GPR está defectuoso –me dice de pronto–. Parece que no graba tus pensamientos, y no quiero tener problemas con los del comité. Eres un androide diferente: no deberías tener miedo porque solo debería preocuparte obedecer las órdenes.

–¿Crees que soy peligroso? –mi miedo aumenta–. Yo jamás os haría daño.

–Lo sé, Bravo –intenta tranquilizarme–. No sé cómo ha ocurrido, pero el responsable soy yo.

Confío en él. Podría desconectarme ahora mismo y convertirme en un simple trozo de metal, pero sé que no lo va a hacer. Él no, otros quizá sí.

–Si lo descubre Malvín... ¿me destruiría? –me atrevo a preguntar.

–O te usaría para fines perversos. Podrías ser un avance científico: un androide con sentimientos parecidos a los nuestros. Pero los grandes inventos también se pueden usar para hacer el mal. Desgraciadamente ha ocurrido muchas veces a lo largo de la historia de la humanidad.

–No lo entiendo.

–Así somos los humanos –suspira–. No sé bien qué pretende Malvín, pero sospecha que hay algo especial en ti. Lo malo es que no podré impedirle la entrada si viene con el doctor Durán, que es el presidente del comité de ética robótica. Eso sí que sería peligroso.

Me asusto más todavía. El problema es serio: esos científicos podrían llegar a la conclusión de que de verdad soy peligroso para la humanidad y destruirme, pero ¿qué peligro puedo suponer yo? Solo soy un androide niño de compañía que tiembla, le gustan los abrazos y disfruta mirando las estrellas.

Isaac se salió con la suya y esta tarde va a venir su amiga Eva, esa de la que está enamorado. Se le veía nervioso esta mañana antes de irse al cole.

–Pórtate bien cuando esté ella –me ha dicho–. Tenemos que causarle buena impresión para que vuelva más días.

No hacía falta que me advirtiera. Yo siempre me porto bien, está en mi naturaleza robótica. El que se porta mal es él: está en su naturaleza humana.

Les oigo llegar y corro hacia la puerta. Los dos niños se detienen delante de mí.

–Hola, Bravo –me saluda Eva sonriente–. ¡Qué bien volver a verte!

Tomo su mano. El contacto es cálido y la piel es más suave que la de los humanos varones con los que trato. Ya no está tan asustada como el día que me conoció.

Isaac propone ir al invernadero, esa especie de jardín cubierto y con pocas plantas que hay detrás de la casa. A Isaac le gusta porque en él solo hay una cámara de vigilancia y está estropeada. Allí jugamos a perseguirnos y escondernos hasta que los niños, agotados de tanto correr, se sientan en el suelo. Yo, aunque no estoy cansado, resoplo igual que ellos y también me siento.

–¡Ojalá pudiésemos escondernos de verdad! –exclama Eva–. Mis padres me vigilan a todas horas. Ahora no me dejan ir al parque burbuja porque no quieren que juegue con robots. Dice que sois peligrosos.

–Oye, Bravo, tú que sabes tanto, ¿no podrías aprender a desactivar los sistemas de vigilancia?

No sé qué contestarle. Debo decir la verdad, aunque temo que mi respuesta nos meta en un lío. Isaac nota que dudo y sabe cómo interpretarlo.

–Quiero que investigues cómo desconectar los circuitos de seguridad. Sabes que tienes que cumplir las órdenes de los humanos –me dice.

–Ignoro si tengo capacidad suficiente –contesto la verdad, pero la orden se ha quedado implantada en mi memoria.

Eva propone que hagamos galletas con forma de corazón y corremos a la cocina. Por fortuna, Albert supervisará parte del proceso para que esta vez no haya ningún incidente. De nuevo nos ponemos perdidos de harina y nos reímos a carcajadas. Me gusta la risa cantarina de Eva, decido imitarla y los niños se burlan de mí.

–Veo que ya habéis modelado las galletas, así que voy a meterlas en el horno –dice Albert al entrar en la cocina.

El ingeniero se queda hablando con los niños, que permanecen tranquilos sentados en los taburetes. Jamás había visto a Isaac portarse así de bien. Será la influencia femenina.

–A Eva le gusta mucho Bravo –asegura Isaac–. No había estado tan cerca de un androide en toda su vida. Su padre dice que son peligrosos.

–¿Tu padre dice eso? –pregunta Albert–. ¿Nunca habéis tenido un robot en casa?

–Jamás –contesta ella tímidamente.

–¿Cómo se llama tu padre? –el tono de voz de Albert transmite cierta preocupación.

–Telmo Sipal. Pero no le digas que he estado aquí, por favor. Se enfadaría mucho –ahora es Eva la que está alarmada–. No le he dicho que venía a vuestra casa a ver al androide. Me lo habría prohibido.

–Lo que nos faltaba –oigo susurrar a Albert–. Será mejor que no te marches demasiado tarde, no vayan a preocuparse tus padres –le dice a Eva.

–¿Podemos comernos unos bizcochos hasta que se hagan las galletas? –corta la conversación Isaac.

–Claro –asiente el ingeniero–. Mientras merendáis, me voy a llevar a Bravo al laboratorio. Tengo que hacerle unos ajustes.

–¡Vaya! ¡Qué pena! –se lamenta Eva, y se despide de mí agitando la manita.

Albert me hace entrar en el laboratorio y cierra con el sistema de seguridad. Presiento una nueva preocupación, nunca antes había hecho este gesto.

–Será mejor que te quedes aquí y que no vuelvas a jugar con esa niña –me ordena.

–No parece peligrosa –me atrevo a comentar.

–Ella no. Pero su padre podría causarnos graves problemas –asegura–. Telmo Sipal es el presi-

dente de ACRA, la Asociación Contra los Robots Androides. Son enemigos de las máquinas como tú, pretenden destruir todos los robots porque piensan que sois nocivos y que acabaréis por rebelaros contra los humanos.

Suena muy mal, pero me parece que Eva no tiene nada que ver en esto. Ella es solo una niña a la que le ha gustado jugar con un androide, nada más y nada menos.

–¿Has dicho delante de ella algo anormal para un robot? –me pregunta agarrándome por los hombros.

–No –aseguro–. Tan solo he hecho los trucos de magia y he seguido sus juegos. Casi no he hablado.

–Buen chico –me acaricia la calvorota–. Esperemos que mi hijo haya sido tan discreto como tú.

Albert no me deja salir a despedirme de Eva. Oigo cómo se marcha, haciendo el revuelo propio de un humano de nueve años. Me temo que lo va a tener difícil para regresar a esta casa.

Isaac se pasa el resto de la tarde y toda la noche hablando de Eva. Albert y yo callamos. Él porque no desea decirle que Eva no será bienvenida y disgustar a su hijo, y yo porque un robot bien educado no debe inmiscuirse en los asuntos de los humanos, aunque le afecten de forma directa. Tengo que aprender a ser exactamente como se espera que sea un androide de compañía. Si fuese capaz, se acabarían los problemas para los tres.

–¿Has visto qué guapa es? –me dice Isaac desde la cama.

Me he sentado a su lado, en el suelo, y he apoyado la cabeza en el colchón. Otras noches, Albert me lleva al laboratorio y me desconecta. Hoy me ha dejado quedarme aquí, velando el sueño de su hijo y compartiendo las vivencias del día.

–Sí, es muy guapa –corroboro–. Y muy simpática. Nos lo hemos pasado genial.

–Quiere venir más veces. Tenemos que pensar más juegos para cuando vuelva.

No respondo a su propuesta, como si no supiera nada.

–Si pudiéramos desconectar las cámaras del parque burbuja, podríamos jugar sin que nos lo prohibiesen casi todo. Y Eva podría estar también con nosotros. A ver si te enteras de cómo hacerlo. Tenías que haber salido a despedirte de ella. Me ha dicho que te diese las gracias por enseñarle los trucos de magia.

–A un robot no se le dan las gracias –suelto secamente.

–Ya, pero ella no lo sabe. Nunca había jugado con un androide. ¿A que es increíble?

Tampoco le contesto esta vez. Al menos, que disfrute de la felicidad repasando recuerdos.

–¡Ojalá esta noche sueñe con ella! –suspira.

Paso la noche inventando poesías para Eva. Se las regalaré mañana a Isaac para que se las recite. Le gustará.

Me gustaría poder cerrar los ojos y soñar, yo también, con la sonrisa dulce de Eva. Los androides no envidiamos a los humanos porque somos un producto acabado y completo, sin debilidades pero también sin sueños. Deduzco que soy un aparato averiado que, por error, sueña despierto y desea.

● Datos de memoria 11

Por la mañana, padre e hijo se marchan y me quedo solo en el laboratorio. Albert tampoco me desconecta cuando se va, lo veo demasiado despistado últimamente. Las preocupaciones desconcentran a los humanos; debería ser al revés, pero su mecanismo no es tan perfecto como el de una máquina. Diría que es lo más imperfecto de la naturaleza.

Aprovecho para almacenar más datos en mi memoria. Los circuitos de mi cerebro no hacen más que recordarme la orden de Isaac: quiere que aprenda a desconectar las cámaras de vigilancia. Albert no lo aprobaría, pero en el fondo me gustaría conseguirlo: podría jugar con los niños sin que les regañasen y salir de aquí sin que me viesen.

Conecto el ordenador central y busco información sobre todo lo que no puedo ver dentro de esta casa. El exterior me parece un misterio maravilloso y quiero estar preparado por si algún día puedo salir de aquí y ver el mundo. El parque burbuja es el único espacio que se me permite visitar.

Leo sobre plantas y animales. Parece que se han extinguido muchas especies en las últimas décadas, y otras más corren peligro. Me recreo observando imágenes de árboles curiosos que ya casi no existen: baobabs, robles, fresnos, olmos... ¡Vaya! ¡Eran preciosos! En algunos parques burbuja se conservan unos pocos ejemplares enormes. Me gustan las palmeras, con ese tronco como de escamas y esas ramas altas que parecen un sombrero.

A ver qué descubro sobre las estrellas...

De pronto se apagan el ordenador central y todas las luces del laboratorio. Parece un corte de energía. Si se trata de una avería, yo no soy el responsable. Me acerco al cuadro de mandos de seguridad y veo que se encuentra desactivado. Oigo ruidos fuera y veo cómo la puerta de salida al exterior se abre lentamente.

De forma casi involuntaria, corro a esconderme. No sé quién será el ladrón, pero no deseo que me descubra. Soy lo más valioso que hay en la casa, aunque esté mal que yo lo diga. Me escabullo hasta la habitación de Isaac en busca de un escondite. Me hago un hueco en el baúl de juguetes y compruebo mi capacidad para adaptarme a pequeños espacios cerrados: debo de ser un robot plegable.

–¡Ven aquí ahora mismo, Bravo! –ruge una voz.

Lo reconozco: es Malvín. Lo sospechaba desde el principio. Le oigo abrir y cerrar puertas, está revolviéndolo todo.

–¡Sal de donde estés escondido! ¡Es una orden y debes obedecer siempre las órdenes de los humanos!

Mis circuitos reaccionan. Es cierto lo que dice: la segunda ley afirma que un robot debe obedecer las órdenes dadas por un humano, pero siempre y cuando no estén en desacuerdo con la primera ley. No puedo permitir que un humano sufra daño, y si el profesor Malvín me descubre y me examina, Albert correrá peligro. No voy a obedecer a Malvín: el ingeniero perdería su trabajo y yo me convertiría en un trozo inerte de metal. Reconozco que me preocupa más lo segundo.

Por una rendija del baúl lo veo entrar en la habitación. Mis circuitos se alteran de miedo y los sensores de mi piel de imitación transmiten frío y calor de forma alternativa. Se han debido de fundir del susto. Afortunadamente, no respiro y mi corazón de metal no sabe latir; de ser así, me habría descubierto enseguida.

El tipo empieza a abrir armarios y a sacar todo lo que encuentra mientras continúa con sus órdenes:

–Sé que estás aquí, no puedes salir de esta casa. ¡Obedece inmediatamente! Si no cumples las órdenes, serás destruido. El comité de ética robótica se encargará de ti. Eres un peligro para la humanidad.

Sus amenazas me asustan cada vez más. Da igual que no me encuentre: sabe que estoy escondido y eso certifica mi anomalía. Si no me desactiva él, lo harán los del comité.

–¿Se puede saber qué diablos hace usted aquí? –es la voz de Albert.

¡Jamás me había alegrado tanto de escucharle!

–¿Cómo ha entrado? –Albert se encara con Malvín–. ¡Esto es un allanamiento de morada! Llamaré a los agentes de seguridad ahora mismo. Mi receptor de vigilancia me ha avisado de que alguien había desconectado los cierres herméticos de la vivienda. ¿Cómo se atreve a entrar a robar en mi casa?

–He venido para desenmascarar a ese androide peligroso que ha fabricado –suelta con tono chulesco.

–Eso no le autoriza a entrar en mi casa –responde–. Le denunciaré ante la policía.

–Y yo a usted ante el comité de ética robótica: su androide no obedece las órdenes humanas, no respeta las leyes robóticas. Debe ser destruido.

–Eso ya lo veremos. Todo lo que usted dice, profesor, son tonterías. ¡Fuera de aquí ahora mismo! –grita el ingeniero.

Malvín sale de la habitación refunfuñando.

–Volveré, se lo aseguro. Y me acompañará el presidente del comité. Está usted metido en un buen lío –apostilla Malvín.

Mi cuerpo entra en un temblor imparable, no me atrevo a salir de mi escondite aun cuando escucho con claridad cómo se cierra la puerta exterior. Malvín se ha marchado, pero yo continúo sin moverme dentro del baúl.

–¿Dónde estás, Bravo? –grita Albert–. Ya se ha ido ese hombre. No tengas miedo.

A pesar de que me tranquiliza su voz, no me atrevo a salir de mi escondite. Estoy paralizado.

–Seguro que estás aquí –dice entrando de nuevo en la habitación de Isaac–. No te va pasar nada, yo me encargaré de protegerte.

Por fin consigo sacar fuerzas y empujo la tapa del baúl. Salgo afuera acompañado de un estrépito de juguetes que caen rodando al suelo.

Albert se sobresalta y corre a abrazarme. Me refugio en sus brazos y noto que el miedo se va disolviendo y los sensores de mi piel dejan de transmitir frío. Quiero seguir aquí, pegado a él, el resto del tiempo.

–Tranquilo –me dice mientras me acaricia la cabeza–. Has hecho muy bien escondiéndote, es lo que yo te dije que hicieras. No has incumplido ninguna ley, solo seguías mis órdenes.

Sabe que eso no es del todo cierto y que este temor que siento no es tampoco normal. Le abrazo tan fuerte que no le dejo soltarme. En este instante soy tan frágil como un niño humano.

• DATOS DE MEMORIA 12

–VEN A MI HABITACIÓN, tengo que contarte algo
–me dice Isaac con una vocecita triste.

Veo caras largas después de la cena: seguro que
han discutido. Esta manía tan humana de hacerse daño unos a otros me desconcierta. Sobre todo
cuando los que se hieren son personas que se aman,
como estos dos.

–Papá no quiere que vuelva Eva –me confiesa
en cuanto estamos solos–. Dice que el padre de ella
nos puede meter en un lío gordo y que es mejor
que no se relacione con nosotros. No me deja ni
hablarle en el colegio, pero en eso no pienso obe-
decerle.

–Eva es una persona distinta a su padre –comento.

–Eso creo yo, pero papá no quiere saber nada
de ella.

Se echa a llorar, y yo haría lo mismo si pudiera.
Me siento responsable de la situación: si yo no exis-
tiera, esa niña podría venir a esta casa sin problema.

–Lo siento –le digo–. Es por mi culpa. El padre de Eva odia a los robots. Si yo no estuviese aquí...

–Ella no querría venir. Fue por ti por lo que se animó a visitarnos. Eva nos quiere a los dos, a ti y a mí. No es culpa tuya, Bravo. La culpa siempre la tienen los mayores.

Isaac me agarra la mano. De nuevo siento ganas de llorar, pero ahora no es de pena, sino de emoción: para Isaac y Eva no soy una máquina sin corazón, soy un amigo. Hace unos meses, él no habría pronunciado unas palabras como estas. Está creciendo y lo está haciendo bien, cada vez se parece menos al niño caprichoso y mimado del principio. Sin embargo, yo cada vez me parezco más a un niño humano indefenso.

Isaac se duerme entre sollozos y yo me paso la noche pensando en qué hacer para que Eva regrese y volvamos a ser felices. No encuentro respuesta.

Por la mañana, siguen cabizbajos y no se hablan. Isaac no se despide de su padre cuando se va al colegio, y a mí me da una palmadita en la espalda. El ingeniero y yo nos quedamos muy serios y nos vamos al laboratorio sin decir nada. Parece que hoy se queda en casa.

–Van a venir los del comité de ética robótica –me suelta de golpe.

Los sensores de mi piel se activan: vienen a por mí y no tengo salvación posible.

–Tienes que hacer exactamente lo que te diga y no te pasará nada –me asegura–. Debes parecer un robot normal e inofensivo.

–Soy inofensivo –le recuerdo.

–Solo falta que ellos también lo crean. Los del comité, cuando te analicen, encontrarán la memoria alternativa inferior que instalé.

–¿Solo mientras estén ellos aquí... o para siempre? No quiero convertirme en algo que no soy, no quiero que me borres los recuerdos.

No he podido evitar decirlo y Albert me mira con tristeza.

–¡Si los del comité te oyeran, estaríamos perdidos! –suspira–. Pero yo estoy orgulloso de ti, de cómo eres. Así que no te voy a borrar nada, si todo sale bien.

No tardan en llegar los del comité. Esta vez vienen tres: el doctor Durán, el horrible profesor Malvín y otro hombre más, grande como un armario. Desde mi pequeña estatura de androide niño, parece un gigante. Intento no temblar para no delatarme. Pronuncio muy bajito las palabras que provocan el borrado de la grabación de mis pensamientos.

–Este es el profesor Néstor –lo presenta Durán–. Viene a acompañarnos hoy para las comprobaciones. Debemos solucionar de una vez este desagradable incidente.

–¡Desde luego! –exclama Albert–. Es denunciable el allanamiento que se produjo en mi casa hace unos días por parte del profesor Malvín. Es un delito entrar en el domicilio de la gente, eso solo lo hacen los ladrones y los criminales.

Todo esto lo dice mirando fijamente a Malvín, que parece no darse por aludido.

–Sería justificable si hallamos alguna anomalía grave en el androide –interviene el gigante–. Malvín asegura que este robot no cumple las órdenes de los humanos y que usted lo encubre borrando su GPR.

–Les demostraré que no es así. Bravo es solo un androide niño de compañía, diseñado para entretener a mi hijo y para jugar. ¿Cree que dejaría a Isaac con él si fuese peligroso?

Los tres hombres no contestan: la respuesta es tan evidente que con ella sobrarían más comprobaciones, pero los humanos, sobre todo si son científicos, necesitan otro tipo de demostraciones.

–¡Vamos, Bravo! Haz una demostración a estos señores –me dice Albert.

De pronto, solo pienso en los juegos de magia. Empiezo a hacer malabares y, luego, el truco de la moneda. Todos me miran. No se me cae ninguna pelota y cuando acabo hago una leve inclinación, pero no me aplauden. Después me pongo a hacer girar un plato en la nariz.

–Bueno, ya basta –me detiene el doctor Durán–. ¿Qué más haces?

–Juego con Isaac, hacemos galletas, le acompaño cuando estudia, corremos por el parque burbuja, jugamos al pilla pilla, pero siempre gano yo porque corro más. Soy una máquina y no me canso. ¿Desean algo más?

–Muy bien –dice Durán–. Esto ya nos lo contaste la vez anterior. Veo que eres amable y obediente, lo que se espera de un robot.

–¡Un momento! –interviene Malvín–. ¿Por qué no le pregunta por el día que entré en esta casa?

A ver, androide... ¿Por qué no me obedeciste y te escondiste de mí?

–No sé de qué me habla –respondo–. Yo solo lo he visto a usted dos veces: hoy y la tarde que apareció aquí con el doctor.

–¡Mientes! –grita.

–No, señor. Los androides no podemos mentir.

–No miente –salta Albert–. Él no se enteró de que estuvo usted aquí. Tengo por costumbre desconectarlo cuando nos vamos de casa.

–Pues no estaba en el laboratorio. Miré bien y no lo encontré por ninguna parte –asegura Malvín.

–No lo dejé en el laboratorio. Recuerde que es el androide de compañía de mi hijo. Es su juguete y él lo guarda en su cuarto, en el baúl de los juguetes.

–¿Estabas en el baúl de los juguetes?

–Sí, señor –respondo–. Los androides no mentimos.

–Me parece que me ha hecho perder el tiempo –le reprocha el doctor Durán a Malvín–. No veo ninguna anomalía en este robot.

–Analicemos su GPR –sugiere Néstor, el hombre alto–. A ver si encontramos ahí algún defecto. Si no es así, quien deberá responder ante la comisión es usted, profesor.

–Pe... pero –tartamudea– el niño aseguró que al androide le gustaba el nombre que le había puesto, y también la poesía.

–¿Es que usted nunca ha jugado, Malvín? –dice Néstor–. Yo tenía unos soldados galácticos e imaginaba lo que pensaban, lo que les gustaba y hasta el miedo que pasaban cuando les atacaban los monstruos alienígenas.

–Isaac y yo hemos dibujado monstruos alienígenas –le cuento–. Con pinturas virtuales para no manchar nada.

–¡Qué simpático! –exclama Néstor–. Estoy por encargarle que me fabrique uno para mi hija.

–Vamos a inspeccionar la memoria y verá cómo no registra nada en la grabación –replica Malvín.

–Como quieran –continúa Albert–. Comprobarán que ya he corregido el defecto de fabricación que observaron la vez anterior. En efecto, se produjo un borrado anómalo del pensamiento del robot, pero ya no ha vuelto a ocurrir.

Albert me desconecta y ya no oigo nada más.

● Datos de memoria 13

Amanezco en el cuarto de Isaac, apoyado en el baúl de los juguetes. No sé cómo será eso de dormir, pero parece que acabase de despertarme de un profundo sueño. Mis circuitos, mi memoria y mis sensores empiezan a funcionar despacio. Albert me habrá programado para activarme a esta hora concreta. Mi último recuerdo es en el laboratorio, con los del comité, antes de desconectarme ¿Cómo acabaría todo? Intuyo que bien para Albert y para mí, porque sigo en la casa y conservo mis recuerdos. Puedo acordarme hasta de las poesías que inventé para Eva. Estoy feliz y sonrío mientras veo dormir a Isaac.

De pronto salta el despertador: cuatro pajarillos virtuales comienzan a revolotear en torno al niño, que los espanta inútilmente de un manotazo.

–Son las diez –le informo.

–¿Y qué? ¡Hoy es sábado! –dice, aún medio dormido.

–Podemos jugar a muchas cosas, ya que no tienes que ir al colegio.

–Papá prometió llevarme de excursión a la playa, pero anoche me dijo que no iba a cumplir su promesa –refunfuña.

–¡A la playa! –exclamo–. ¿Y crees que me llevará a mí también? Me gustaría tanto salir de la casa y conocer el mundo...

–Ya te digo que hoy no puede. ¡Siempre está tan ocupado! –suspira–. Además, a ti no creo que te lleve a la playa. Está prohibido.

–¿Qué es lo que está prohibido?

–La circulación de androides. No se os puede llevar por todas partes, solo a lugares determinados: al parque burbuja, con vigilancia, o a los sitios en los que tengáis que hacer algún trabajo. El mismo rollo de siempre. A los niños nos tienen prohibido casi lo mismo.

–¡Yo quiero ver el mar! Debe de ser precioso.

–Te prometo que lo veremos juntos. Y yo sí cumplo las promesas, no como mi padre. Tengo un plan.

Isaac sigue tristón y es por el asunto de Eva, seguro. Tendré que esforzarme en ser un buen androide de compañía y conseguir que se anime y se divierta conmigo esta mañana.

Nos llama Albert por el comunicador hológrafico para decirnos que pasará la mañana en el centro de investigaciones. Me dice que ayer fue todo bien y que esté tranquilo.

–Tenías que haber visto la cara de Malvín cuando comprobaron que tu memoria funcionaba perfectamente –me cuenta–. El doctor Durán se enfadó mucho con él. «¡Nos ha hecho usted perder el tiempo!», le gritó. Tuvo que disculparse conmigo y pedirme que no le denunciase por allanamiento de morada. Los otros dos me felicitaron, les gustaste mucho. Quizá Néstor me encargue un prototipo como tú para su hija.

–¡Qué contento estoy! –le digo–. ¿No será inconveniente estar contento?

–¡Tranquilo, Bravo! –se ríe–. Es genial que estés contento.

Luego nos da instrucciones para el día, y casi todo son advertencias: que tengamos cuidado con lo que hacemos, que Isaac desayune bien, que no hagamos travesuras, que nos portemos correctamente...

–Cuida de mi hijo –es su última frase, dirigida a mí.

Olvida que soy un robot y que siempre protegeré al humano a mi cargo. Además, Isaac es mi amigo. ¡Cómo no iba a hacerlo! ¡Hasta un humano lo haría!

Después de desayunar, Isaac propone un juego:

–Tengo tantas ganas de ir a la playa que podemos imaginar que estamos allí y hacer lo mismo.

–¿A qué se puede jugar en la playa? No sé ni cómo es –le digo.

–¡Vamos! Te enseñaré el mar en la pantalla holográfica del ordenador.

Busco en mi memoria implantada. «*Mar*: masa de agua salada que cubre la mayor parte de la superficie de la Tierra».

Ahora lo veo en tres dimensiones en el holograma. Da un poco de miedo: tan inmenso, tan poderoso.

–Mira, esto es una tempestad –salta Isaac mostrándome un mar rugiente–. Escucha las olas. Cuando estás allí, el agua te salpica en la cara y la brisa te acaricia. ¡Huele tan bien!

Lamento no tener sentido del olfato: nunca podré oler su aroma, pero sí podré sentir en mi piel de imitación la caricia de la brisa y las gotas de agua en mi rostro. Ahora lo que más deseo es ver el mar, aunque sé que no será fácil conseguirlo.

–¿Y si jugamos en el invernadero como si fuese la playa? –propone.

Me costará figurarme un lugar en el que jamás he estado, pero es muy divertido imaginar, más todavía que aprender.

Por los paneles transparentes del invernadero se cuela el sol. Hace un día luminoso, perfecto para ir a la playa aunque sea con la imaginación.

–¿Qué soléis hacer los humanos cuando vais allí?

–En el mar se puede nadar, jugar con las olas, bucear...

Isaac comienza a correr moviendo los brazos hacia delante, primero uno y luego el otro; luego los encoge y los estira exagerando la respiración. Yo imito cada gesto detrás de él.

–Necesitamos agua –dice de pronto.

Encontramos una manguera en un rincón del invernadero. Isaac aprieta el botón del agua y empapa el suelo.

–Creo que no puedo mojarte porque te estropearías, pero podrás chapotear conmigo.

Empezamos a dar saltos, el agua nos salpica y nos reímos a carcajadas. Se me moja la ropa gris de androide. Me gustaría llevar una camiseta con palmeras, ahora que estoy en la playa imaginaria.

–¡Es electrizante! Ahora enchúfame tú la manguera, yo quiero mojarme –me ordena.

Extiende los brazos y apunto a su barriga. El agua le hace cosquillas y se ríe. Ni siquiera se ha quitado la ropa. Su padre se enfadará, pero le da lo mismo... y a mí también.

–Más, más –me pide–. En la espalda.

Me gustaría sentir también la fuerza del agua. Son los inconvenientes de ser un producto acabado: soy casi irrompible y fácilmente reparable, pero me faltan tres de los cinco sentidos, porque el tacto también tiene sus limitaciones. Si me empapo de agua, esta puede llegar a mis componentes metálicos y estropearlos.

–¡Necesitamos arena! –exclama.

–¿Es como la harina? –le pregunto. Cuando lo he visto en la pantalla, me ha parecido que era un polvillo de color claro, semejante al que usamos para hacer las galletas.

–¡Eso, harina! ¡Eres genial, Bravo!

Me quedo remojándome sólo las manos en el chorro de agua mientras Isaac va en busca de la harina. Pienso en lo agradable que tiene que ser darse una ducha de agua templada.

Llega con un paquete grande y lo vuelca en el suelo mojado.

–¡Vamos a hacer castillos! –grita emocionado.

Con la harina y el agua se forma una pasta espesa con la que vamos levantando una torre. Rebusco en mi memoria la definición de *castillo* e intento que se parezca a lo que estamos construyendo.

–¿Sabes? –susurra en tono confidencial–, lo que más me gustaría en el mundo es ir con Eva a la playa. No está demasiado lejos. El problema, como siempre, son los mayores. No nos dejarían. ¡No nos dejan ni vernos!

–Os veis en el cole –le recuerdo.

–Sí, pero allí hay que estar atentos a las explicaciones y al trabajo, y queda poco tiempo para hablar. Además me ha dicho que, al próximo curso, su padre va a cambiarla de cole. Ya no la veré más –suspira, y le caen dos lagrimillas.

–Eso todavía no ha pasado. ¿Por qué lloras antes de que suceda?

–Para ser un robot tienes buenas ideas. Será que los niños humanos nos preocupamos demasiado y los androides no tenéis nada de lo que preocuparos.

–Yo sí me preocupo, pero no se lo cuentes a nadie.

–Ya lo sé, Bravo. No eres un androide como los demás. Por eso me gustas. Si tú fueses como los demás, yo ya te habría fundido los circuitos. Es muy fácil acabar con un robot: basta con darle órdenes contrarias, se vuelve loco. Pero no se lo digas a mi padre. Así los dos tendremos secretos.

No le he contado todo el secreto. Lo que me preocupa es si podremos seguir manteniendo el engaño. Si Malvín no se da por vencido, puede descubrir mi anomalía la próxima vez que lo intente, o la siguiente. Sé que tendré siempre esa preocupación, igual que los humanos tienen las suyas. Los demás androides del universo, no. O quizá exista algún otro diferente, como yo; luchando por no ser descubierto, como yo.

Pero eso todavía no ha pasado: Malvín aún no me ha atrapado, así que no sé por qué me lamento antes de que suceda. Me aplicaré el consejo que le acabo de dar a Isaac.

Charlando charlando, ya hemos terminado el castillo. Nos ha quedado estupendo, con dos torres y hasta un puente levadizo. No conozco bien la época histórica de estas construcciones tan poco funcionales, así que no sé qué sentido tenían en la Edad Media ni para qué servían.

Seguro que Albert nos regaña porque hemos puesto perdido el invernadero, pero esto no habría ocurrido si él hubiese cumplido la promesa de llevar a su hijo a la playa.

–Voy a preparar una fuga –me confiesa Isaac–. Está decidido. Y tú me vas a ayudar. No se lo digas a nadie, recuerda que es una orden.

–¿Una fuga? ¿Quiénes se van a fugar? –me temo lo peor.

–Eva, tú y yo. ¿O no te he prometido que te iba a llevar al mar? Yo sí cumplo mis promesas –asegura.

–No creo que tu padre nos deje.

–¡Es una fuga, Bravo! –exclama–. Se supone que los padres no tienen que enterarse, y por eso tú no le vas a decir nada al mío. Te lo mando yo.

Este niño da unas órdenes muy comprometedoras, no me extraña que volviera locos a los otros androides que tuvo. Si yo no fuese un androide anormal, no sabría qué hacer en este momento.

Pero yo soy Bravo... y Bravo quiere ver el mar por encima de cualquier otra orden.

–Estoy seguro de que puedes conseguir las claves para desactivar nuestros dispositivos de seguridad. Vamos ahora mismo al laboratorio. Hay que buscar en la computadora central.

No quiero pensar en lo que puede ocurrir si Albert se entera de esto. Me siento como si estuviese cometiendo una travesura enorme. Compruebo que hacer diabluras también tiene su gracia, es emocionante saltarse las normas alguna vez.

Buscamos información durante horas y se nos pasa el tiempo volando. No va a ser fácil encontrar los datos que necesitamos. Isaac está desconocido: nunca le había visto tan atento delante de la pantalla holográfica, va absorbiendo conocimientos con un interés enorme. Hoy sí que va a aprender.

Estoy a punto de darme por vencido. Quizá mis circuitos cerebrales no dispongan de tanta capacidad.

–¡Aquí están las claves de seguridad de la casa y de tu dispositivo personal! –exclamo. Por fin he localizado los datos. Nos permitirán entrar y salir sin dificultad y sin que lo registren las cámaras.

Me siento tan feliz que doy unos cuantos saltos por el laboratorio. Isaac me sigue.

–Si desactivamos el dispositivo, no sabrán dónde estoy y mi padre no podrá seguirme –salta entusiasmado.

Me asusto: lo que estamos haciendo no está bien. No responde a la orden de Albert, esto no es exactamente cuidar de su hijo. Estoy lleno de dudas, sería más fácil obedecer órdenes simplemente. Ya no sé lo que debo hacer: elegir es complicado, y los humanos deben hacerlo constantemente.

–Se acabó –digo mientas apago el ordenador.

–¡Eh! –protesta–. ¿Qué haces?

–Tu padre está a punto de llegar, y si nos sorprende, se acabaron tus planes de fuga.

Parece que le convence mi explicación, porque se queda tranquilo y acepta mi decisión. Su cara refleja una satisfacción grandísima y la mía una preocupación más enorme todavía. Isaac ya tiene lo que quería.

¿Qué va a pasar ahora?

Cada vez me siento más atrapado en estas cuatro paredes, aunque no soy capaz de usar la información que descubrí ayer. Ahora mismo podría desactivar el sistema de seguridad de la casa y salir de aquí, pero el miedo puede más que el deseo de conocer. Espero que Isaac tampoco utilice las claves que encontramos.

Ayer, cuando regresó Albert, casi no nos regañó, a pesar de que habíamos puesto perdido el invernadero. Isaac le reprochó que había incumplido su promesa de llevarlo de excursión, y ante eso no le quedó más remedio que callarse. El hijo ya no me utiliza como excusa para sus travesuras y el padre tampoco me hace responsable de las trastadas. Parece que vamos mejorando y que, de vez en cuando, los humanos utilizan la lógica para las relaciones personales. Albert pasó el resto del día jugando con nosotros y no salimos de casa.

Cuando me quedo solo, como ahora, no hago más que pensar en el mundo de fuera: en las calles, en los árboles, en el cielo, en las montañas... y, sobre todo, en el mar.

Esta mañana de lunes, el ingeniero se ha ido sin desconectarme. Aunque no me haya atrevido a pedírselo con palabras, ha debido de leer en mis ojos el deseo de permanecer activo. Voy a pasar una mañana divertida conociendo aspectos nuevos del mundo exterior. Espero que esto ocurra más veces, porque con una sola mañana no voy a tener tiempo suficiente para todo lo que me interesa saber.

Oigo un ruido fuera de la casa, a pesar de que sigo concentrado en la información sobre el mar que tanto me interesa. Mi sentido del oído está bastante desarrollado y me dice que alguien está accediendo a la casa desde el exterior. Pienso que puede ser Malvín y regresa el miedo. Si me pilla buscando datos sobre el mar, estoy perdido. ¡Ya no me vale el escondite del baúl de juguetes!

–¡Bravo! –es la voz de Isaac.

Me tranquilizo, pero no del todo. ¿Qué hace aquí a estas horas? Debería estar en el colegio. Como me temía, ha usado las claves para entrar en la casa y para anular su dispositivo personal. Nadie se ha enterado de su escapada.

–¡Venga, prepárate! –me ordena en cuanto tropiezo con él al salir a su encuentro–. ¡Nos vamos!

–¿Nos vamos? –repito–. ¿Adónde?

–¡A ver el mar, ya te lo dije! Eva solo lo ha visto una vez, hace mucho tiempo, y ya no se acuerda.

Detrás de Isaac aparece la niña. Está asustada: se nota porque no para de morderse los labios y sus ojos brillan con un destello de lágrimas a punto de brotar.

–No tengas miedo –dice él–. Lo tengo todo bien planeado. Piensa solo en lo emocionante que va a ser.

La frase va dirigida a Eva, pero yo también necesitaba escucharla. No sé en qué lío va a meternos este niño, aunque sirva para cumplir nuestro sueño de ver el mar.

–¿Cómo habéis conseguido escaparos del cole? –pregunto.

–Fácil –asegura Isaac, orgulloso–. Con el dispositivo de seguridad anulado, solo hemos tenido que aprovechar la salida de una aerofurgoneta de reparto para escapar sin que nos vieran.

–¿Cómo has desactivado el de Eva? –me preocupa que sigan a la niña.

–De una pedrada –suelta–. Ya sé que es un método menos seguro, pero no se me ocurría otro.

–No tardarán en darse cuenta de que no estáis –advierto, cada vez más asustado.

–¡Por eso hay que darse prisa! ¡Prepárate, Bravo!

–Está prohibida la circulación de robots –repito lo que he oído–. Yo no puedo ir con vosotros.

–Yo te lo ordeno y ya está. No puedes desobedecer –suelta tan fresco–. Lo primero que hay que hacer es quitarte el traje gris de androide. Tienes que parecer un niño.

Isaac me disfraza con ropa suya. Me ha vestido con una camiseta que lleva dibujado un monstruo alienígena de los que le gustan a él y un pantalón azul como el cielo. Me ha encasquetado una gorra roja que disimula mi calvicie robótica. Me gusta verme así arreglado.

Salimos los tres de casa sigilosamente, como si en lugar de salir, entrásemos en una zona prohibida. Para mí lo es: hay leyes estrictas de circulación de androides y nunca he estado fuera de la casa, solo en el parque burbuja.

Debería haber confirmado con el ingeniero la orden de marchar. Deseo tanto ver el mar que, aunque sé que él me lo prohibiría, no me voy a detener. Esto significa que tengo voluntad, y sé que es anormal en un robot. Hoy sigo solo las órdenes de Isaac, aunque sea un niño y esté bajo mi cuidado.

De todas formas, está tan decidido a ir que será más seguro para él que yo le acompañe. La primera ley robótica me hará protegerlo ante cualquier situación; además, soy el responsable de que

haya averiguado la manera de burlar la vigilancia. Me convenzo de que no habría podido impedir su escapada al mar... Nuestra escapada.

–No está demasiado lejos –asegura–. Con los patines motorizados llegaremos enseguida. Buscaré un camino poco concurrido. Tres niños solos podríamos despertar sospechas, y no quiero que nos detenga ningún vigilante.

–¿El geolocalizador nos indicará bien el camino? –pregunta Eva.

–¡Claro! Seguro que no nos perdemos.

Me cuesta un poco mantener el equilibrio sobre el patín motorizado, pero enseguida consigo enderezarme. Rodamos a velocidad vertiginosa siguiendo la línea que nos marca el geolocalizador. ¡Qué emocionante! Pensaba que iba a sentir miedo, como otras veces, pero es distinto: no deseo huir de esta situación, sino disfrutarla.

Datos de memoria 15

Nos deslizamos por calles poco transitadas y no sé para dónde mirar, de tanta novedad como veo. Pasamos al lado del parque burbuja, algunos niños juegan y saltan dentro de él. Observo las hileras de edificios iguales, blindados, donde nadie se asoma. En cada esquina hay cámaras de orden urbano, y evito mirar hacia ellas para que no descubran que soy un androide huido de casa.

Siento el aire en el rostro, es muy agradable. Los sensores de mi piel me transmiten un cosquilleo que me hace sonreír. La velocidad está a punto de llevarse mi gorra. La sujeto para que no se me escape y descubra mi calvicie robótica.

Por el cielo vuelan artefactos metálicos muy grandes. Me quedo boquiabierto mirándolos y casi me aparto de la ruta. Los humanos tienen necesidad de moverse constantemente de un lugar a otro y utilizan diversos transportes, sobre todo aéreos.

–Son aviobuses –me indica Isaac, a quien no ha pasado desapercibido mi interés por lo que veo en el cielo–. Parece que hay bastante tráfico hoy.

–Me gustaría subir en uno de esos y ver la tierra desde arriba.

Isaac se encoge de hombros, no debe de parecerle nada especial mi deseo. Eva acerca su patín y toma a Isaac de la mano. Se miran con ternura y no puedo evitar envidiarlos. Ignoro lo que piensan y sienten en este momento. Yo jamás podré sentir como ellos. Sé que el amor también duele porque he visto llorar a Isaac cuando su padre le prohibió ver a Eva. Pero estoy seguro de que tiene que compensar, por el estallido de felicidad que ahora percibo en los ojos de mi amigo.

–Ponte a mi lado –me ordena Eva.

Obedezco y ella toma también mi mano. Siento su tacto suave y lamento más que nunca que mi corazón sea de metal.

–¡Mira, Bravo! –grita Isaac señalando al frente–. ¡Ya se ve el mar! ¡Es electrizante!

Mis ojos robóticos no pueden creer lo que ven: una inmensidad azul brilla ante mí. Había visto el mar en las pantallas holográficas del laboratorio, incluso escuché el sonido de las olas, pero lo que ahora tengo delante, el mar de verdad, es muchísimo más asombroso.

–¡No te pares o no llegaremos nunca!

Me apresuro. Sin darme cuenta, me había detenido a contemplarlo, y estoy deseando llegar ante él.

Se me hace eterno el rato que tardamos en alcanzar la playa. Temo que nos persiga una patrulla robótica de vigilancia y no hago más que mirar para todos los lados. Me doy cuenta de que somos extraños en las calles desiertas: los humanos pasean poco y tres niños en patín llamarán la atención. No tardarán en darnos el alto, pero hasta que esto se produzca quiero disfrutar de la libertad y no pensar en que quizá sea la última escapada de mi vida androide.

Por fin llegamos, soltamos los patines y corremos hacia la orilla. Siento la arena en mis pies: me cuesta caminar porque me hundo en ella, pero la sensación es agradable. No es pegajosa como la harina con la que jugamos en el invernadero, es más granulosa y hace cosquillas en mi piel de mentira.

Me gustaría respirar esta brisa que me acaricia la cara, pero me conformo con que mueva mis ropas de niño humano y haga volar mi gorra roja. Tengo que correr tras ella mientras estos dos se ríen de mí.

Isaac y Eva se quitan los zapatos y meten los pies en el agua. Yo los sigo.

–¿No te estropearás si te mojas? –me pregunta Isaac.

–Solo los pies. No me pasará nada –aseguro.

¡Está fría! Es fantástico sentir este frescor. Me dan ganas de entrar y empaparme el cuerpo entero, pero la tercera ley robótica me obliga a no auto-destruirme: un robot debe proteger su propia existencia, siempre que esta ley no entre en con-flicto con las dos leyes anteriores.

Corremos por la playa y nos revolcamos en la arena. Nadie nos regaña, nadie nos lo prohíbe. Esto debe de ser la libertad, y es maravilloso sentirla. Empiezo a entender a Isaac cuando se queja de que siempre está vigilado. Los niños juegan a sal-tar las olas cerca de la orilla, algunas los empapan del todo. Yo los miro con un poco de envidia.

Vienen corriendo hacia mí. Hacemos un corro: nos cogemos de las manos y giramos cantando una canción que ellos saben y yo enseguida me aprendo.

–¡Quiero ser liiiiiibreeee! –grita Isaac.

Eva y yo le seguimos y gritamos también.

De pronto, escucho unas voces que parecen sa-lir de un recipiente metálico:

–¡Quietos donde estáis!

Es una patrulla robótica, no son androides como yo. Dos esqueletos de acero que imitan las formas humanas, sin piel ni músculos, nos observan a pocos metros. Dan pavor. No pienso obedecerles: la segunda ley me obliga a seguir las indicaciones de los humanos, no de otros robots, por muy vigilantes del orden que sean.

–¡No quiero que me cojan! –grita Eva asustada–. Tengo miedo.

–No pueden hacernos daño, son robots –intenta tranquilizarla Isaac–. Solo pretenden devolvernos a casa.

Pero Eva no le cree. Será porque le han enseñado a rechazarlos, y lo que se desconoce se teme. Corre para escapar de ellos y acaba internándose en el mar.

–¡No lo hagas! –le grita Isaac–. ¡Es peligroso aunque sepas nadar! ¡Yo no sé nadar bien!

Eva no le escucha: sigue avanzando mar adentro para huir de los robots de vigilancia, que se van aproximando cada vez más. Vienen directos hacia mí.

–Os llevaremos a vuestra casa –dicen con su frío timbre metálico.

Casi al mismo tiempo, escucho gritar a Eva:

–¡Socorro! ¡Me estoy hundiendo!

No tengo dudas sobre lo que debo hacer: hay un humano en peligro. La primera ley me obliga a actuar para ayudarlo, y además ese humano es mi amiga Eva. Voy a rescatarla, aunque no sé si sabré nadar o si el peso del metal me hundirá a mí también. No me importa que se oxiden mis piezas: debo salvarla.

Braceo como hacíamos Isaac y yo cuando jugábamos en el invernadero. Parece que funciona, porque voy avanzando y flotando, cada vez la tengo más cerca. El agua está muy fría, pero un androide como yo puede soportar los extremos del medio ambiente. Llego hasta ella y la agarro por el cuello justo antes de que el mar se la trague. Creo que se ha desvanecido, porque no la oigo y apenas se mueve. El peso de Eva hace que me hunda. Tengo que salir a flote y sacarla de aquí, pero no sé si voy a poder. Concentro toda mi fuerza en los brazos y en las piernas, muevo las extremidades a un ritmo frenético y centro la vista en mi objetivo: alcanzar la playa donde está Isaac gritando y agitando los brazos. Me está dando ánimos y siento que su voz me transmite las fuerzas necesarias para llegar a la orilla.

Si no consigo salvar a Eva, seré solo un montón de chatarra sin sentido.

Salvarla. Salvarla. Salvarla.

Por fin, mis pies tocan tierra. Lo he conseguido. Tengo ganas de llorar. Cojo a Eva en brazos y mi visión se vuelve borrosa. Un humano adulto viene hacia mí y me arranca a Eva de los brazos. Piso la orilla y me desplomo. Mis piernas no responden a los impulsos electrónicos que envía mi cerebro robótico. Mis brazos tampoco. Tumbado en la arena, veo el cielo más azul que nunca. Ahora el rostro de Isaac entra en mi campo visual: está llorando y me habla, pero no le oigo. El agua ha debido de hacer un gran estropicio en mi mecanismo. Siento que me falta la energía. Lo último que veo es la cara de preocupación de Albert, que me besa en la frente, me coge en brazos y me levanta del suelo.

El cielo azul se vuelve de pronto gris... y ahora negro.

Abro los ojos. Vuelvo a cerrarlos ¡Tengo párpados! ¿Qué habrá pasado? Palpo mi cuerpo y todo parece seguir en su sitio. Estoy en la habitación de Isaac, pero no sentado en el suelo, sino tumbado sobre una camita al lado de la suya, que permanece vacía. No llevo el uniforme gris de androide, sino un pijama de rayas azules como el mar. Me toco la cabeza: sigo siendo calvo, aunque un gorro de dormir, con una borla roja en la punta, esconde mi calvorota.

De pronto, recuerdo lo sucedido en la playa. ¿Estará Eva a salvo? No sé exactamente qué ocurriría luego; sin embargo, tengo la sensación de haber vivido algo más después de desplomarme sobre la arena. Conservo imágenes inconexas de Albert llevándome al laboratorio y reparándome con esmero, de un hombre grueso y bigotudo agradeciéndome haber rescatado a su hija y de los dos niños nadando felices en el mar. No puede ser cierto: Isaac y Eva no saben nadar.

¿Habrá sido un sueño?

Los androides no pueden soñar. Al menos, los que no tienen párpados.

No me siento igual que otras veces, cuando Albert acababa de conectarme. Parece, realmente, que despierto de un largo sueño, que lo que recuerdo como real solo existe en mis circuitos. Es raro.

Cierro los ojos para comprobar que mis nuevos párpados responden a mi voluntad y me recreo en los sonidos que escucho, por primera vez sin la compañía del sentido de la vista. Descubro que se puede imaginar en la oscuridad y deseo que mi cerebro robótico sea también capaz de soñar.

Me siento y no me atrevo a moverme ni a hacer ningún ruido, por si este instante maravilloso se desvanece, por si aparece alguien a decirme que se trata de un error, que esta no es mi cama ni este mi pijama y me obliga a vestir de nuevo el traje gris de androide metálico.

–¡Papá, Bravo se ha despertado solo!

Es la voz de Isaac, que ha abierto la puerta de golpe, irrumpiendo en la habitación y en mis cavilaciones.

Se acerca sonriente y yo parpadeo, nervioso.

–¿Estás bien? ¿Me recuerdas? ¿Te gusta esto de poder abrir y cerrar los ojos? ¿Sabes lo que pasó en la playa? –me bombardea a preguntas. No sé por dónde empezar a responder.

–No le agobies –Albert se sienta a nuestro lado, no le había oído entrar–. Ahora veremos si lo he reparado bien. Espero que sea así.

–Hola –digo tímidamente–. Tengo párpados.

–Un pequeño cambio –habla el ingeniero–. ¿Te parece bien?

–Sí, me gusta. ¿Cómo está Eva? –quiero saberlo.

–¡Sí se acuerda, papá! ¡El agua no borró la memoria! –exclama el niño–. Está muy bien, Bravo, gracias a ti, que la salvaste. Su padre no se podía creer que un robot hubiera sacado a su hija del agua. Así que la va a dejar venir más veces a casa y no la va a cambiar de cole. ¡Y ya nos han perdonado la travesura! ¿A que es genial?

Isaac me guiña un ojo, ya sé que el gesto indica complicidad. Es seguro que no le ha contado a su padre que fui yo quien le facilitó la huida hurgando en el ordenador central.

–Gracias por haber cuidado de los niños –dice Albert–. Fuiste muy valiente.

—Yo solo quería ver el mar... —balbuceo—. Y tenía que evitar que Eva se ahogara. Es mi deber de androide.

—He reparado los componentes que el agua estropeó. No ha sido fácil. Lo que más me preocupaba era la memoria, pero parece que continúa intacta —explica el ingeniero—. Y he añadido detalles que te harán más parecido a nosotros.

—Es muy divertido abrir y cerrar los ojos —le contesto.

–He comprendido que no eres un juguete –afirma–. Por eso ya no andaré conectándote y desconectándote como si fueses solo un aparato mecánico. Creo que te has ganado el derecho a formar parte de la familia.

–¿Dormiré aquí todas las noches? –pregunto, ilusionado.

–¡Claro! –exclama Isaac–. Y te hemos comprado ese pijama tan chulo y ropa para que no tengas que vestir siempre de gris. ¿A que es electrizante?

–No sé qué dirían los del comité de ética robótica –suspira Albert–. De momento, seguirás sin salir apenas de casa: no me fío de Malvín ni de otros como él. Ellos te considerarían una amenaza. Debemos ser prudentes.

Soy tan feliz que solo deseo abrazarlos. Una nueva y emocionante vida se abre ante mí. Mi corazón es de metal, no soy un humano, pero tampoco un robot que se limita a hacer su trabajo. Podré aprender cosas nuevas cada día, cerrar los ojos para disfrutar de los sonidos, sentir las caricias en mi piel, inventar poesías, mirar las estrellas por la noche y, quizá algún día, regresar al mar.

Cuando cierre los ojos cada noche, soñaré con playas blancas de arena, con la sensación única del agua rozando mis pies y con la brisa acariciándome el rostro.

Los tres nos fundimos en un abrazo, y pienso que lo mejor de todo es que ellos me quieran y poder decirles cada mañana que yo también los quiero.

Creo que mi historia no ha hecho más que empezar.

TE CUENTO QUE DANIEL MONTERO GALÁN...

... tuvo que perder algún tornillo, pues siempre esta maquinando «locurrencias», creando ilustraciones electrizantes y desternillantes que le dan el arranque para que no se oxiden los engranajes de su aparato locomotor.

La acuarela es el combustible que mejor engrasa su corazón, dándole alas para volar sin motor.

En su laboratorio le da cuerda a su muñeca y se revoluciona trazando con su pincel, coloreando a todo gas sin pasarse de rosca.

Prefiere trabajar a mano que a máquina y solo usa el ordenador cuando es imprescindible que le eche un cable.

No se apaña bien con la tecnología y los cachivaches informáticos le hacen soltar chispas.

Le gusta cambiar el chip y desconectar, disfruta apreciando el mundo sin pantallas, viendo, oyendo, palpando, saboreando y oliendo un mundo real, al que encuentra más sentido a través de sus sentidos.

TE CUENTO QUE ROSA HUERTAS...

... heredó de su padre la pasión por la lectura y un montón de novelas de ciencia ficción. Él le hablaba de planetas lejanos y en los libros leyó historias fascinantes de androides que parecían seres humanos.

Su hijo Óscar quiere ser ingeniero, y ella sueña con que un día él construya un androide niño de compañía, como Bravo, el protagonista de *Corazón de metal*. Aunque le gusta escribir novelas que hablan del pasado, se ha divertido mucho contando la historia de estos personajes del futuro que viven en un mundo vigilado por cámaras de seguridad.

Desde niña quiso ser profesora (jugaba a darles clases a las muñecas) y también escritora. Inventaba cuentos y apuntaba todas las cosas divertidas que le pasaban para así recordarlas, porque lo que está escrito es como si hubiera pasado siempre. Ahora intenta compaginar las dos actividades, por eso suele caminar despistada por la calle: siempre está pensando en nuevas historias que contar.

Si te ha gustado este libro, visita

www.literatura**sm**.com

Allí encontrarás:

- Un montón de libros.
- Juegos, descargables y vídeos.
- Concursos, sorteos y propuestas de eventos.

¡Y mucho más!

Para padres y profesores

- Noticias de actualidad, redes sociales y suscripción al boletín.
- Propuestas de animación a la lectura.
- Fichas de recursos didácticos y actividades.